根本真情系列 1

人間有情

林怡種／著

序

人間有情

／丘秀芷

文藝界像我那麼有機會常去金門的不多；像我那麼願意一次又一次去金門的更少。

「金門，哇——多難去的地方！」這是戰地政務未解除前多數人認為的。

「去金門？哦！去住個三天就好了！去過一兩次就行了！」這是一般去過的人的想法。

我因為工作常去，也因為興趣常到金門。

喜歡金門的鳥和樹、喜歡金門的山和海，就是喜歡金門的風土人情、一切一切。

金門是有歷史、有文化的地方。這裡多數人有情有義！很多人自自然然的，就是有那麼豐厚的人文思想。

林怡種先生，是我到金門認識的朋友之一，他勤於寫作！「浯江夜話」上的專欄，長年累積下來，彙集成冊；每一篇字裡行間透露出來的訊息，都是熱愛金門、熱愛人生。

其間或有批評，但言之有物也不尖銳；顯現作者之敦厚。有論及人倫世道，也有敘說人間百樣情。金門人讀來倍感親切；非金門人則可對金門的一些事務，多一層理解。

雖說篇篇是短論、倒少流於說教，顯示作者下筆時，心中有人間大秤，不曲解、不歪理！林怡種先生筆名取「根本」，不知原先用意為何！林先生就是重視「根本」的一位文人！他出新書，我樂見其成。

一九九八年五月

目次

窗外的喜鵲

自從屋後公地配合鄉村整建，社區環境煥然一新，不再蚊蠅孳生、臭氣逼人；每天清晨推開玻璃窗，放眼陽光下盡是一抹濃得化不開的綠樹，以及盈耳鳥聲吱啁。

大概是農曆年前後，有一天，當我拉開窗帘，兩隻喜鵲在窗外枝椏間跳躍歡唱，形態和叫聲異乎尋常，格外引人注目；經過仔細觀察，才發現牠們正忙於銜草築巢。我高興得告訴自己：「有鳳來兮！」這是好彩頭，要感謝鎮長的奔走協調，爭取經費改善環境，讓大家敢於開窗欣賞大自然，而且，還將有「喜鵲」為鄰哩！

自屋後來了這對新鄰居，彷彿成了家中的成員，每天清晨起床，總要在樹叢裡找到牠們的芳蹤，才安心去上班；尤其，看他們出雙入對、倩影相隨，直叫人「只羨鴛鴦不羨仙」，喟嘆號稱萬物之靈的人們，為了爭名逐利，真正有幾人像他們一樣的快樂？

有一陣子，枝椏間只出現一隻喜鵲，鵲影孤單，然叫聲依舊婉轉輕柔，有時，若一把弦琴錚錚輕奏，或急或徐，忽高忽低，轉腔換調，聲聲悅耳；有時，就像一首讚美的詩歌，令人陶醉。果然，坐巢孵卵二十幾天的喜鵲又現形了，當牠們再比翼雙飛時，往常歡唱聲消失了，取而代之的，是更加勤快地振翅飛翔，「弓開如秋月行天，箭去似流星墜地」，每一次歸來，嘴裡都銜著昆蟲，來去匆匆，從晨曦初露到日落黃昏。

愚人節那天午後，忽覺窗外鵲聲吵雜，聲聲悽愴刺耳，於是，我立即放下手邊的工作趕到窗前，原來，一個年輕人正爬在樹上，伸手攫取巢中的雛鵲，怪不得母鵲臨空盤旋哀叫；年輕人從巢中攫走雛鵲，交給樹下等候的另一名年輕人，然後共乘一部機車揚長而去，母鵲見狀立即尾隨追逐，久久之後才返回林梢，焦躁地在林間穿梭尋覓，甚至在地上東奔西找。

佇立在窗前，目睹母鵲呼天搶地喚不回失去的愛子，那樣的孤獨無助，內心真是傷痛無比，誰無父母？誰無子女？人間還有什麼比骨肉分離，更令人椎心泣血？人，是最可鄙的動物，除了爭權奪利相互殘殺，為了一己之私，還在自然生態中，製造多少人倫悲劇？

往後幾天，我不敢再打開窗子，因為，我不忍再聽到母鵲痛失愛子啞啞的哀音！

一九九三年四月七日

善用雙手

官澳獨臂村長，年輕時不幸被砲彈炸斷一隻手；小時候，看他獨臂從井中打水、獨臂騎腳踏車載重貨、獨臂參加縣運五千公尺賽跑，幼小的心靈彷彿看王羽在「獨臂刀」裡一般的神勇，一點兒也體會不出一個人失去手臂，為生活掙扎的辛酸。

不久前，專程飛往台北看展覽，當我從世貿中心出來，暮色已低垂，台北街頭閃爍的霓虹，真的叫人眼花撩亂；鵠立在公保大樓前人叢中，巴望著往士林的班車，不經意間，感覺背後似有短棒在輕擊，暗忖是在人叢中推擠的結果，懶得加以理會。

不一會兒，短棒捶擊力加劇，不由得側身回頭看個究竟，原來，是一個衣衫襤褸狀似乞丐的漢子，胸前挺著一塊又髒又舊的帆布，上面別著幾條口香糖，下緣則是一個張著口的袋子。看到這一幕，直覺是推銷的小販、或是要錢的乞人。

憑良心說，近些年來，我對街頭行乞的行為不具好感，因為，金門在敵人的砲火下，生命朝不保夕，就業機會不多，卻從不見有人伸手行乞；而今日「台灣錢淹腳目」，富庶舉世聞名，很多工廠找不到人，天生我材必有用，只要肯努力，天無絕人之路，豈有連自己一張嘴也填不飽？

記得有一次，我路過岡山過夜，隔天清早，三弟送我北上，一跨進火車站，迎面一個中年漢子伸手擋住我的去路：「先生！可憐我，給我二十元吃早餐！」斯時，三弟出面制止：「不要給他！」然後把我拉到一旁：「他每天光是檳榔就吃掉五百塊！」當我抬頭，看見他張著血紅的大口，正伸手尋找下一名傻瓜。

當然，惻隱之心，人皆有之，所謂「救急不救窮！」面對一個落魄的同胞，又何必吝惜一個銅板呢？於是，我從口袋裡摸出一個十元鎳幣，投進他胸前的帆布袋，便又專注奔馳的車潮，真耽心錯過班車，堂哥一家正等著我吃晚飯哩！

正當聚精會神留意班車之際，背面又是一陣短棒捶擊，感覺得有點疼痛，我懊惱極了，暗忖莫非遇到一個貪得無厭的傢伙，當我轉過身子，一隻斷了半截的手臂在眼前揮舞：「拿回去，俺不要你的錢！」我怔了，呆若木雞，還沒待我清醒，另一隻也斷了半截的手臂，更指著我的鼻子吆喝：「拿回去，俺不是乞丐！」人叢中，大家把目光投注在我身上。於是，我趕緊從他胸前的帆布袋，取下一條口香糖，跳上開往士林的班車。

痴長三十多載春秋，自知天資駑鈍，深信「舉頭三尺有神明」，尤其，天生是個夜貓子，常常「三更開卷見星光，不覺雞鳴已五更」，我沒有失眠過，可是，回到士林，躺在床上，整夜輾轉反側，沒有一點睡意。

一九九三年二月二十八日

尋找平衡點

計程車從中和上了北二高之後，不再走走停停，徹底擺脫壅塞的窘況，那種追逐風、追逐路燈的感覺，真是舒暢極了！

車近大溪，我警覺到引擎出現異聲，起初如小鳥啄米，滴滴噠噠，然後逐漸加劇，運將看來也是駕車老手，早已減速慢行，因曾目睹汽車在高速公路上過熱起火的情景，因此，在我潛意識裡，開始有隨時跳車逃生的準備。

果然，在一陣刺耳的嘎嘎聲響之後，車子熄火拋錨了；午夜時分，淒風苦雨的荒郊野外，前不巴村，後不著店，昏黃的路燈下，只有往來風馳電掣的車輛，任誰也不會對一部拋錨的車輛多瞄一眼。運將先把車推靠路旁，打開引擎蓋搶修，可惜大概是平時欠保養，引擎缺機油發熱卡死，「真仙難救無命人」，任憑運將拼命使喚，車子仍動也不動一下，正愁著進退失據的當兒，救星出現了，一部拖吊車適時出現，年輕的駕駛大概是巡邏大半個晚上，好不容易才尋獲獵物，露出得意的笑容。

其實，為維持高速公路順暢，確保行車安全，迅速拖離故障車輛，是拖吊業者的職責，故障車輛沒有拒絕的理由，於是，不一會兒的工夫，拋錨的計程車即被上架拖離現場。

按照拖吊業者的行規，白天拖吊一公里六十元，夜間則加成為八十元，依實際公里數計算，從拋錨點到大溪交流道有二十公里，拖吊駕駛開價一千五百元，一路上，計程車司機苦苦哀求，表示一家老小等著要吃飯，開一整天車還不夠支付拖吊費，希望獲得減價；而拖吊駕駛則堅持遵守行規，彼此言詞交鋒你來我往，找不到交集點，雙方火氣愈來愈大，幾度試圖停車談判，隨時有大打出手的可能。

說實在話，我是付費的乘客，不能順利到達目的地，已經夠倒霉了，他們拖吊費的多寡與我無關，可是，事因我起，而且，就夾在駕駛座中間，他們鷸蚌相爭，我不但不能得利，萬一談判破裂放棄拖吊，豈不要徒步夜行，再遭受二次傷害？

因此，我決定充當調和人，表明跳錶車資是五百元，願再多付五百元，就以一千元當拖吊費，由我和拖車各吃虧五百元，算是存善積德，讓事情圓滿結局，終獲拖車駕駛首肯。

誠然，金錢萬能，人見人愛。而我僅是受薪的基層公務員，收入一家妻小還得省吃節用，雖無端多付出五百元，可是，卻一點也不覺得心疼，因為，劉福助唱的天下第一戇，是呷煙吹風、第二戇是弄球相撞，而我多花五百元，化解一場紛爭，那樣的作法，雖稱不上什麼功德一樁，但最起碼，相信也不會被劉福助列入戇人排行榜才是！

一九九五年一月四日

別自以為是

宋高宗南渡建都臨安年間，釋教門中一金身羅漢，雖登上極樂世界，無生無滅，但自覺不在人世間翻觔斗、弄把戲，則佛法無以闡明，神通難以顯示，因而靜極思動，投胎轉世行善助人五十載，聖跡遍及杭州西湖一帶，那金身羅漢正是為後人所敬仰的「濟公活佛」。

話說濟公，自幼飽讀詩書，精通文理，未及弱冠即剃度出家，一本慈悲為懷，經常藉酒裝癲，默示禪機，點醒塵世凡夫俗子，絕不輕露本相。正因他飲酒嗜葷，又瘋瘋癲癲，大家都尊稱他為「濟癲」；甚至，有人蓄意看他出醜，安排一頓美色秀餐，讓他醉入妓院。還好，「色迷禪心定，酒醉性偏醒」，他並未落人笑柄，可是，卻破了佛門戒律，搞得群僧無法忍受，個個想逐他出門，只是，他神通廣大，助人無數，「道高龍虎伏，德重鬼神欽」，雖是瘋和尚，卻為滿朝文武百官所敬重。

有一天，寺裡有座寶殿傾圮，需三千貫錢才能重建，大家藉機推他去化緣，「濟癲」不但不以為苦，還自限三天完成募款，將化緣簿丟在一個太尉家，連著二天喝得酩酊大醉，眼看期限已到，大家認為他快要「食言」了。

不料，第二天晚上，皇后娘娘夢見一金身羅漢，向她化緣三千貫修寶殿，還說化緣簿在太尉家中，隔天一早，皇太后召見太尉，一切果如所夢，願如數捐獻，但盼見臨凡羅漢真相，遂乘鳳輦直抵寺裡拈香，大隊人馬嚇壞五百眾僧，住持長老命大家執香爐，繞行寶殿念佛供太后指認；當臉不洗、頭不剃、破僧衣不蔽體的瘋和尚走到太后面前，一眼即被認出，太后：「你化我三千貫，將何以報答？」濟癲：「貧僧只會打觔斗，別無以為報！」說著，一個觔斗雙腳朝天，因未穿內褲，竟露出男性獨有的器官，近侍內臣見他無禮，要捉拿他斬首，眾僧皆跪地求饒，只有太后露出會心的微笑，阻止大家：「此僧何曾癲，不是無禮，實是禪機，明示我來世將轉為男兒身！」

這則故事不管是真是假，都道盡威權體制下人性的悲哀，也凸顯許多吃公家飯的人，都喜歡自以為是，連四大皆空的出家人也不能免俗。

過去，軍營裡師長規定七點集合點名，命令傳到旅部常常變成六點半，再傳到營部則是六點，到了連部將又提前成五點半，結果，大家乾等一個多鐘頭，士兵無不暗罵師長不守時。同樣的，在這「主權在民」的年代，很多公務員仍跳脫不了軍管窠臼，凡事以長官指示交辦的嚇唬部屬和百姓。因此，願以此則故事，提醒喜歡隨便揣摩上意的公務員，別自以為是為長官製造民怨才好！

一九九四年十二月十四日

愛屋及「鳥」

頂樓涼棚下，連日來不時有麻雀飛進飛出，忙碌異常，且口中常銜著昆蟲，經過仔細觀察，才發覺牠們已經在鋼架的空管築起愛巢，繁衍下一代。

按理說，麻雀性喜偷食農人辛苦種植的稻穀，屬於害鳥，加諸不是稀有保護野生動物，人人得而誅之！但是，牠們來我家築巢，「既在佛下會，都是有緣人」，來者是客，我特別叮嚀孩子，不許也不能傷害牠們，要讓牠們順順利利、平平安安地完成傳宗接代的神聖任務。

當然啦！房子是我辛辛苦苦賺錢買地建造的，國家憲法明文賦予我擁有絕對的權利，選擇要不要讓牠們在我家築巢，只要我不高興，可以輕而易舉地讓巢毀鳥亡，值得特別強調的是，我能百分之百地確信，牠們拿我一點辦法也沒有，現在既不會暗中咒我，將來也不會冤家路窄，總歸一句話，只要我喜歡，對牠們怎麼樣都可以。

可是，我深深覺得，俗話說得好：「殺人一萬，自損三千！」天底下沒有絕對的贏家，畢竟，人生旅途上，幫助別人，等於幫助自己；斷了別人的路，等於自毀前程！一個人在窮極無聊的時候，可以砍下自己的胳臂來把玩，但萬萬不能拔取別人的一根毫毛開玩笑，因此，當我自己認為擁有權利的時候，該讓它化作愛和包容，才算是聰明的作法。

其實，天生萬物，都是一體兩面，好與壞的分界點，端看你從那個角色去衡量，就以麻雀來說，牠雖會偷吃稻穀，卻也兼吃草籽和害蟲，五十年代大陸曾動員「人民公社」農民大肆捕殺麻雀，結果，田中雜草和害蟲因天敵驟滅而孳生，反而造成穀物欠收，在在說明為人處事，能捨才能得，有肚量才有福份！

仔細想想，我的房子已經建成十幾年了，至今，還沒有在寓所裡供奉觀音菩薩晨昏焚香祈福，主要的原因，除了每天有忙不完的事之外，最重要的，「佛在靈山莫遠求，靈山只在汝心頭，人人有個靈山塔，好向靈山塔下修！」我毫無疑問地相信，千經萬典，都是只為修心，而存善積德，就靠平日用真誠的愛心，從身邊的每一件小事做起，包括珍惜自己的房子，疼惜來屋頂築巢的小鳥。

一九九五年四月九日

且做痴呆漢

晨起，妻開車去市場買菜，回程經過一處丁字路口，眼見一個婦人騎著摩托車從支線衝了出來，趕緊用力踩住煞車；幸好，在千鈞一髮之際，婦人也踩住煞車，否則，兩車必定撞個正著，車損人傷勢所難免。

雖然，彼此應變得宜，只是有驚無險，然而，卻被嚇出一身冷汗，待驚魂甫定，才發覺騎車的婦人，正是同樣來自海邊的蚵村，每天都在市場外販售鮮蚵、海貝，自己就是光顧的常客，因此，既無車損，也無人傷，彼此打個招呼準備各奔前程。

妻認為：對方身材瘦小，車後不僅載著鐵桶，前面菜籃也塞滿雜物，車把手更掛著磅秤，狀似吃力，備極辛苦。所以，示意讓她先行，可是，久久不見有任何動作，於是，決定按喇叭告知先走，正當踩下油門起動之際，車後傳來砰然巨響，摩托車大概也同時啟動，不偏不倚地撞在後座車門，人車應聲倒地，妻立即下車合力幫她將摩托車扶起，仔細檢查的結果，只有車前菜籃明顯歪斜，車把手略向左偏，身體髮膚則絲毫未損；而經過這麼一撞，車門板金出現兩處凹痕，油漆剝落，若是進廠噴烤，至少得花上千把塊，妻不但不心疼，反而一再交代婦人務必至車店將把手調整好，以策安全。

豈料，近午時分，婦人騎著摩托車來到家門口，哭哭啼啼地表示：車把手軸心撞裂一半，不能調整，需要換新。念在同鄉情誼，尤其，清楚地知道她自幼喪母，連上學識字的機會都沒有，年紀很小就嫁作人婦，至今仍靠到海裡撿拾海貝維生，不幸的際遇令人同情，面對這樣的鄉親，與她計較誰對誰錯，還有什麼意義呢？所以，我一口答應，希望她儘量去換修，安全第一，花多少錢由我負責，婦人才破涕為笑，欣然騎車離去。

不一會兒的工夫，婦人又來到家門口，滿臉愉悅的表示：車行估價的結果，換把手軸心、菜籃及前輪護蓋，總計二千五百元。當然，當婦人把話說完，我的心頭彷如挨了一記悶棍。畢竟，衡情論理，又不是我們去撞她，再說，她那部機車經年累月載海產，鏽蝕得破舊不堪，整部車恐怕也值不了二千五百元，分明是車行老板「順風推倒牆」的傑作。然而，那又能怪誰呢？誰叫自己曾一廂情願答應負全責，「一言既出，駟馬難追」，還能說什麼？

近些日來，每當路上看到同鄉婦人所騎的摩托車，已換上嶄新的菜籃、及亮麗的前輪護蓋，內心寬慰無比，因為，每一次看到那部車子，在我的腦海深處即迴盪著：「父母恩情重，國家法度嚴，聖賢千萬卷，百善孝為先，施恩不望報，受害莫結冤，且做痴呆漢，頭上有青天！」

一九九五年七月三十一日

與時間賽跑

最近我很忙，每天揪著公雞的尾巴起個大早，開始與時間賽跑，可是，每在日暮崦嵫時分，都淪為吳下阿蒙，總覺得一天如果能有四十八小時，該將多好美好？尤其，時入秋序，日漸晝短夜長，更常油生「九月九閃日，十月日生翅，懶爛查某理三頓粥都不直」之嘆！

當然，自盤古開天以來，有誰能躲過生死輪迴？多少乘鳳輦龍車，坐金鑾寶殿的天子王侯；多少財通四海，功業彪炳的達官貴人，都先後在時光的洪流中化作灰飛煙滅！既使如吳承恩筆下伴唐僧赴西天取經的孫悟空，左耳往上一扯，聞得三十三天人說話、右耳往下一拉，曉知十殿閻君與判官算帳；別人聞一聞數千年一熟的人參果，可以活命三百六十歲，吃一個更能延壽四萬七千年，而孫大聖代管蟠桃園，偷偷飽嚐仙果之後，理應與天地同壽，和日月同庚，然而，縱有騰雲駕霧和翻江攪海之功的大聖，而今安有齊天？

其實，光陰似箭，歲月如梭，我本凡夫俗子，早有自知之明，豈敢自不量力「暴虎憑河」，而是「人在江湖，身不由己」，很多事不是自己不想做，即可以逃避。有時，生活的擔子會壓得人喘不過氣來，拼著老命也要勇往直前，那是一種責任與義務。除此之外，年已不惑，漸漸能體悟馬齒徒增，以及「千金難買寸光陰」的真諦！

事實上，老天算起來是十分地公平，他給每個人一天二十四小時，沒有男、女之分，或賢、愚之別，絕對的等量齊觀，至於怎麼去運用，端看個人造化不同罷了！

從前，古老的中國處於帝王封建社會，人人祈望從科舉場中封官加祿，揚名立萬，無不三更燈火五更雞發憤苦讀；而在那個年代，男婚女嫁終身大事，悉聽父母之命，憑媒妁之言。曾經，有一個書生，每天閉關在書房裡面對青燈黃卷，覺得枯燥乏味，於是，拿出紙筆吟詩作詞，寫著：「我已二十五，衣破無人補」兩行五言絕句，特別擺放最明顯的地方，藉以向父親暗示。

有一天，書生的父親終於看到了，除了大罵荒唐之外，也悄悄地提筆在旁邊加上兩句：「若要有人補，再過二十五」，書生看過之後慌了，趕緊再補上兩行七言律詩：「人生七十古來稀，那有五十才娶妻？」結果，書生很快地獲得「小登科」。

是的，人生七十古來稀！生命有數，歲月難留，一個人的有限生命，應靠自己用雙手去掌握運用，不管娶妻生子，或追求事業功名，晚了一步，時光一去永不回，都將成為「往事只能回味」，何不把握現在，急起直追，趕快和自己寶貴的時間賽跑！

一九九四年九月二十五日

無官一身輕

不久前，在一次慶祝餐會上，有幸與一位年輕的將軍同桌，不僅他肩上耀眼的星光成為大家矚目的焦點；尤其，他那風趣健談的神采，給人一種「才高八斗，學富五車」的感覺，更是座上賓客把酒言歡的對象，也因此，相互舉杯之際，大家不忘祝福他步步高陞。

起初，將軍面對大家的祝福，皆一笑置之，以乾杯權表謝意；後來，大概覺得恐將有失大家厚望，似有所感地講出內心話，他說：從前為官，那是「一命、二運、三風水、四積陰德、五讀書」；換句話說，那是「三分天注定，七分靠打拼」，除了個人的努力，還要靠祖先平日種因緣、修福報，涓滴匯聚修成的正果。可是，今天的社會型態不同，升官的條件也跟著迴異，變成「打一桿高爾夫球；喝兩杯洋酒；唱三首台語歌；摸四圈麻將！」將軍還特別強調，偏偏這四種本領，他懶得去學，不久就要解甲返鄉種田了！

其實，將軍的感慨，只是一語道破當前的官場文化，一點也不值得大驚小怪，因為，衡諸當前社會百態，「利益擺中央，道義放兩旁」，是非早就沒有一定的準繩，再大的真才實學，也敵不過關愛的眼神！

當然，「風俗之厚薄，繫乎一二人心之所嚮！」自古已然，於今不改。個人久居海島，實在孤陋寡聞，真不知國外是否和台灣一樣推展「全民體育」，一個小小的新竹縣，就擁有十幾座高爾夫球場，政要訪問渡假，都得安排「球敘」，媒體更用特寫鏡頭渲染揮桿英姿，於是，上行下效，一紙球證叫價以百萬元計，一證在手，既可保值，又可凸顯身分地位，潮流所趨，怪不得打一桿好球，遂成為升官的首要條件。

其次，喝酒與唱台語歌，雖不是什麼新玩意，卻是當下人與人之間，應酬不可或缺的要素，舉凡迎新、送舊、生日、彌月、喬遷等等，無不大肆慶祝，把酒當歌，才能喜氣洋洋，想要升官，若無練就千杯不醉的功夫，如何趕場逢迎？不會拿麥克風，如何萬事ＯＫ？

至於摸麻將，據說裡頭學問就更大了，聰明的部屬，若「聽」得出長官要什麼牌，保證官運亨通。

看來，「爭名奪利幾時休，早起遲眠不自由，騎著驢騾思駿馬，官居宰相望王侯，只愁衣食擔勞碌，不怕閻王就取勾，庇蔭子孫圖富貴，從無一個肯回頭！」當官的責任重大，還需汲汲營營，並不如想像中的輕鬆，身為小老百姓，若能體認「無官一身輕」，也該知足常樂才是！

一九九四年九月三十日

踏穩人生每一步

前些日專程上台北到世貿中心看展覽，令我感傷的，不是躬逢抗議「焦唐會談」的對峙場面，而是信義路上一位經營排版和出版的朋友，突然人去樓空，為了躲債，隱沒在茫茫人海之中，沒有人知道他的去向。

認真算起來，我的朋友是個苦幹實幹的典型中人，金門當兵退伍之後，隻身從台灣南部鄉下到台北闖天下，從最基層的外務員幹起，學得生意訣竅之後，伺機賃屋創業，從一台照相打字機做起，秉承克勤克儉的精神，業務蒸蒸日上，賺進大把鈔票，因而不斷擴增機器設備，短短幾年的工夫，屬下關係企業員工百餘人，還得分三班制打卡上班哩！

值得一提的是，我的朋友向來「寧為雞口，不為牛後」，一直走在時代尖端，採用最先進的設備掌握生意契機，當電腦排版問世之後，他立即率先從日本引進，不費吹灰之力取代傳統的鉛字排版業，在出版界造成極大的震撼，除了日進斗金，還上了中視「九十分鐘報導」，真是名利雙收，不知羨煞多少同業先進。

從前，一件著作或發明，可能「獨領風騷五百年」；再不然，自己享用一輩子也是稀鬆平常。然而，今日科技發展，一日千里，尤其是電腦資訊更新，瞬息萬變，我的朋友就是在這方面吃了大虧，他投資三千萬元，搞專業電腦排版公司，兢兢業業，怎麼想也沒料到個人桌上電腦排版系統隨後推出，三十萬元即可大作排版生意，因此，大投資難敵小成本，不僅員工紛紛離職自己當老闆，客戶流失殆盡，設備閒置成廢鐵，投資血本無歸，加諸銀行貸款利上滾利，終至愈陷愈深，不得不豎起失敗的白旗。

平心而論，朋友在商場上吃了敗仗，誠屬非戰之罪，絕不是因循怠惰、不求長進，而是別人跑得比他快，一個不留神便被時代洪流所淹沒，那是物競天擇，優勝劣敗，適者生存的詮釋，就如同當初他將鉛排版業淘汰一樣，只是時間長短之別而已，一點也不值得大驚小怪！

然而，朋友的做法，也不無可議之處，當初，他若懂得「尿泡雖大無斤兩，秤鉈雖小壓千斤」，相信也不致兵敗如山倒；很明顯地，他犯了「跋繳（賭博）好大堵」的毛病，輸了一次，就永無翻身之日。

這次台北看展覽，順道訪友不遇，獨自踽踽走在信義路紅磚道上，回想著朋友過去打拼的精神，深深地覺得：人生道路多風險，不管經商或為仕，爬得高、摔得重，倒不如步步小心，踏穩每一步為妙！

一九九四年八月十八日

修行先修心

這一陣子，生活周遭的朋友，因潛心禮佛，或為個人健康設想，長年茹素吃齋者愈來愈多，似已蔚成一股流行風尚！

曾經，朋友很誠懇地勸我加入他們素食行列，細數許多吃素的好處，包括因果輪迴、和有益身體健康；更重要的，在這吃喝成風的社會，可以堂而皇之地避開很多無謂的飯局。可惜，我「無竹令人俗，無肉使人瘦」的觀念根深蒂固，絲毫不為所動。

坦白說，小時候生長在烽火連天的貧困農村，三餐除了蕃薯，還是蕃薯，真可說到了「三年不知肉味」的境地！偶而家裡能買一斤豬板油，炸成乳塊狀，炒高麗菜時能多放一湯匙，一家大小吃後夢裡也會笑。

或許，正因為這個緣故，到今天年已不惑，當大家怕膽固醇，流行痛風之際，鮮嫩的「東坡肉」依舊令我食指大動，香菇蝦仁紅燒蹄膀，更是百吃不厭，總歸一句話，「一歲生根，百歲著老」，這輩子想不吃肉，恐怕難囉！

當然，在這信仰自由的年代，信什麼神、拜什麼佛，悉聽尊便，吃素吃葷，也無人干涉，只是，幾千年來，炎黃子孫傳承儒家仁恕道統，接受佛教因果輪迴道德規範，尤其，佛家慈悲為懷，普渡眾生，主張戒惡修善，更是深植人心。其中，殺生就是佛教列為十種惡業之首，因此，很多學佛向善者，莫不「見其生，不忍見其死；聞其聲，不忍食其肉！」大都遠離血腥，選擇蔬菜和果實充飢，也就是所謂的吃素。

其實，佛家主張隨緣，皈依弟子並非人人剃髮為僧為尼，而因修學程度及環境有別，分為「七眾弟子」，所持戒法不同，各有所學，各有所專，分工合作，利濟大眾。譬如：出家僧眾沒有家累，可以專心弘傳佛法；而在家信眾，則推動公益事業，發揚佛陀濟世精神。因此，修行旨在修心，和吃素並無絕對的關係，換句話說，吃素的人不一定在修行，而修行的人默默行善，也不一定要吃素，君不見，十八羅漢之一化身的「濟公活佛」，不但嗜葷，還特別喜歡吃狗肉，修心不修嘴，卻處處行善救人，流芳千古，至今仍為人們所敬仰！

吃素既是慈悲為懷，憫恤蒼生，又可延年益壽，好處真是多多；而沒有勇氣吃素的人，只要有心修行為善，人生道路千百條，選擇不同的起點，只要努力走下去，照樣可以通達目的地！

一九九四年八月十八日

為善最樂

看著腕錶，距上班時間還不到半個鐘頭，我得先送朋友回金城，再趕去報社打卡。

隆冬時節，夜，似乎來得特別早，太陽一下山，黑幕立即籠罩下來；冷風在伯玉路兩旁的樹梢咻咻作響，平添幾許蕭瑟；我打開車燈，用力踩著油門，讓輪胎奔馳在筆直的水泥路面。

車過盤山，榜林圓環無名英雄塑像在望了，我放鬆油門減速慢行，遠遠地，車燈迎面照到一位婦人，左手提著沉甸甸的袋子，右手牽著孩童踏步前進。我把友人送到家門口，匆匆掉頭尋原路而返，經過盤山，車燈又照到狀似母子的背影，依舊摸黑而行，內心頗覺怪異：天黑了，她們要走到那裡？於是，我在她們身旁踩了煞車：「妳們要去那裡？」冷風迎窗襲來，不自覺地打了一個哆嗦，藉著車燈，依稀看到婦人停下腳步，囁嚅地說著：「要回小徑啦！」我不加思索地打開後座車門：「我送你們回去！」但見婦人一陣猶豫，然後讓孩童先躦進車廂。

本來，距上班時間已不多了，再經這麼耽擱，我不得不加速前進，目光專注車前方，無暇回頭去瞧瞧這對夜行母子，但好奇心的驅策：「天這麼黑，怎麼沒搭車？」半晌之後，婦人彷彿一陣抽泣：「我娘病了，回大地看她，平常會暈車，不敢出門，剛才從山外搭公車，一上車就暈昏了，車到小徑也不知道下車，進了金城站才醒來，只好走路回家！」聽她這麼一說，我又問：「怎麼不叫計程車呢？」久久之後，婦人才再開口：「這麼晚了，沒人要跑，而且，身上錢不夠！」聽到婦人會暈車，我立即關掉中廣新聞，按下電動窗讓空氣流通，並減速慢行，小心翼翼地把她們送到小徑村外，才趕到報社打卡。

其實，類似舉手之勞的芝麻小事，實不足以掛齒，更無庸多費筆墨加以描繪，然而，環顧今日社會，是非沒有一定的準繩，經濟文明之後，物慾橫流，人們爭名逐利，巧取豪奪，已到了「乞丐趕廟公」的境地，怪不得藝人阿勇要站在文武判官面前，勸人不要將自己的快樂，建築在別人的痛苦之上，否則，「拆人家一片籬笆，要築一道牆還人」，舉頭三尺有神明，天道在輪迴，因果會報應。

誠然，「平民肯種德施惠，便是無位公相；士夫徒貪權爭寵，竟成有爵乞人」，一個人的尊卑與高下，不在於地位和爵祿之大小，而是日常生活之中，躬身力行，涓滴滙聚的存善積德，所謂的助人最樂，珍惜身邊每一個舉手之勞能幫助別人的機會，勝過於到廟裡拜拜，不是嗎？

一九九三年三月十七日

看別人　想自己

很久沒有好好看電視新聞以外的節目了，禁不住「中國情」首集預告的挑逗，加諸欣逢輪休在家，因此，我決定試試乾涸已久的眼瞳，是否還能湧出新泉！

這是一個嶄新的節目，刻劃家庭人倫親情，跳脫膚淺浮誇的綜藝型態，也不若連續劇千篇一律的愛恨情仇，它結合文學、戲劇的實際問題探討，喚醒創造經濟奇蹟、沉淪物慾享受的人們，對人性道統與生命尊嚴，能有一番省思！

也許，故事人物是大都會退休教授的不幸際遇，主觀環境距離我們很遙遠，但是，在同一時空背景下，看來令人身歷其境。儘管，主持人李艷秋幾度哽咽泫泣，可惜，劇情並未令我乾涸的眼瞳湧出新泉。因為，那樣的故事情節，在我們的左鄰右舍俯拾皆是，只恨沒有生花妙筆，否則，當更賺人熱淚。

說實在話，在那烽火漫天的窮苦年代，我們的父母，他們大都沒有上過學堂，靠種一塊錢三斤的青菜，靠剝一斤二塊錢的海蚵；用血汗換取微薄代價，養活一大群孩子，那一頁頁付出的辛酸史，大概不是「中國情」裡執教鞭的教授所能體會。然而，他們的處境今天並沒二樣，孩子長大後，一個個離家出門討生活，把老人家留在昔日的塵煙裡，晨昏乏人定省，兒孫不能承歡膝下，辛苦大半輩子，老來竟落寞渡日！

當然，這並非倫理教育失敗、或傳統孝道沒落，年輕人不知反哺歸恩，實是大環境使然。以我們家來說，即是典型的範例，雙親茹苦含辛扶養七個子女，長大後就是沒有人甘於繼承種蕃薯餬口的衣缽，相繼在外成家立業，個個爭相迎接老人家住在身邊侍奉，卻因雙親自幼生長在農村，每天能腳踏實地；而住在市鎮閣樓裡，每天孩子上班後，只能單獨面對電視，比關在籠子裡還難受，因此，他們寧願住在鄉下，依舊養雞、餵鴨，看田間作物茁壯抽穗，生活快樂無比。

「看看別人，想想自己」，雖然，兄弟之中，以我距家最近，僅隔著太武山，只有一箭之遙，可是，為了工作，實在無法隨侍在側，每次回家，也總是來去匆匆，除了掏空口袋給他們錢，甚至，很少能好好陪他們吃一頓飯，每次面對父母如霜的雙鬢，內心如針砭一般，但是又奈何，現實與盡孝不能兩全！

看完節目，證實年近不惑，淚泉已枯，只是，心頭卻有說不出地愧疚在滋長，於是，我想撥通電話給太武山那邊的雙親，當我撈起話筒，抬頭望見掛鐘，才驚覺夜已深，鈴聲將吵醒他們，或許，他們也剛看完這一劇，正想念四散的孩子，將又面對一個漫漫長夜，於是，我趕緊放下聽筒，轉身間，頓覺鼻頭一陣酸楚，眼眶一陣濕熱。

一九九三年二月十日

妥善理財

最近，媒體報導兩則消息。其一：春節前夕，中央銀行新台幣發行額突破八千億元，創歷史新高，換句話說，這八千億現鈔，若讓台澎金馬二千萬同胞均分，農曆新年期間，每個人口袋裡將有四萬元，而這四萬元若換一元或十元鎳幣，台灣錢豈不是真的淹腳目？其二：俄國現任總統葉爾辛月薪，相當於美金一百多元，折合新台幣是三千多元。

其實，這兩則消息毫不相干，但是，貴為一國元首，月薪尚不及我們勞工基本薪資的三分之一，怎不令我們慶幸生活在這富裕的社會。

早在舊石器時代，中華民族的老祖宗即有商業行為，以貝幣通行易物，幾千年來，經過不斷演變，貨幣由銅幣、銀圓、紙鈔，以至今天時髦的信用卡，只要「一卡在手，通行天下！」的確，這是一個錢的世界，昔時有理行遍天下，今日無錢寸步難行，金錢不僅人人愛，連鬼也喜歡，幽冥兩界，無論達官貴人、或販夫走卒，不管幹哪一行，每天都為錢在打拼！

然而，錢的使用，就是一門大學問。從前，有個家財萬貫的肉商，臨終前仍對辛苦賺來的錢財放心不下，乃問守在水床邊的三個兒子：「我死後，你們如何處理？」大兒子首先表示意見：「父親一生辛勞，在世毫末享受，我認為百年大事應極盡舖張，讓您老人家風風光光上山歇息。」豈料，只剩最後一口氣的肉商突然大發雷霆：「你這混蛋，我一生掙財聚寶，想不到你要趁我死時大肆揮霍！」

二兒子見狀，立即安慰父親：「爸！您不要生氣，我有個好辦法，買件草蓆一裹，往山溝一扔了事。」誰知，肉商仍怒不可止：「這不是五十步笑一百步嗎？草蓆仍要花錢買，不行！」

這時，最小的兒子靈機一動，「大哥二哥真笨，父親的錢賺來多不容易呀！我想，將您的身體切成塊，擺在肉攤上賣！」斯時，肉商終於露出滿意的笑容：「這才是我的乖兒子，平常沒有白疼你！」說完，就嚥下最後一口氣，正當兒孫在哭泣時，肉商竟死不安心，突然醒了過來，吩咐最小的兒子：「你出售我的肉塊，千萬不要賣給你舅舅，因為他總是賒帳不還！」

當然，這個寓言故事諷刺入木三分，幾近不合情理，但是，一樣米飼百樣人，誰能確信世界上沒有這種人呢？事實上，錢，乃身外之物，生不帶來，死也帶不回去，只要不是視錢如糞土的紈褲闊少爺，也不是富人乞丐命的守財奴，妥善理財，當用則不省，讓錢改善生活環境，提昇生活品質，才是聰明人。

一九九三年二月四日

歷盡寒冬總是春

「爆竹一聲除舊歲，萬戶符桃更新」，熱熱鬧鬧，歡歡喜喜地癸酉春節假期，在大家相互恭禧、祝賀聲中結束了，上班族將重回工作崗位，又是一年繁忙的開始；而飛越千山萬水、倦鳥歸巢的遊子，也將重拾行囊，整裝踏上征程，在異鄉茫茫人海，接受嶄新的挑戰。

這是一個工商社會，時間就是金錢。尤其，近代功利主義盛行，社會價值觀丕變，衡量一個人的成就，往往取決於所得的高低，因此，芸芸眾生，為生活汲汲營營，實乃人之所不能免。

其實，昔日是農業社會，華夏子民皆過著日出而作，日落而息地耕稼生活。然而，長期受封建士大夫迂腐思想浸淫，追求功名利祿，也蔚為風尚。

曾經，有一個秀才，一心想從科舉官場中揚名立萬，可惜屢試不第，因此，他發奮閉門苦讀，每日埋首詩書行間，有一天，忽然聽到屋外響起陣陣鞭炮聲，覺得異常奇怪，忍不住開門出去看個究竟，他大喊：「喂！誰在放炮？」然後，當他發現小孩子人人穿新衣、戴新帽，且「千家萬戶同歡樂，卻把新桃換舊符」，斯時，他恍然大悟，感慨而嘆：「噢！人家過年！」於是，趕緊跑回書房裡，揮筆寫了一對春聯貼在門外應景，而這對聯正是：「喂！誰在放炮？」「噢！人家過年！」

回顧過往的一年，我不敢說像那位發奮苦讀的秀才，忙得連過年都給忘了，可是，我得承認，或許天生勞碌命，每天都有忙不完的事，總覺得時間不夠用，日子在不知不覺中溜逝了，一轉眼，一個年頭又過去了，內心也頗有「人家過年」的感慨！

二十世紀人類科技發展日新月異，人文思想一再翻新，可是，全球華人仍獨鍾農曆新年，張燈結彩、舞龍舞獅喜氣洋洋！理由很簡單，炎黃子孫是講究孝道的民族，平時一年到頭在外討生活，但在農曆新年前夕，無論爬山涉水，都要趕回家過年，一家人團聚，敘享天倫之樂。此外，農曆春節是一年二十四節氣輪迴交替，一年之計在於春，是回顧過去，展望將來，一切從新開始的新契機。

歷盡寒冬總是春，不管過去的一年如何寒冷艱辛，在這新春開始，讓我們以歡欣的心情，迎向春天的陽光。

一九九三年一月三十日

知足常樂

根據報載，今年考績獎金將有大突破，提前在春節前發放，連同年終獎金，公教員工可望過個豐收年。然而，鑑於往年發放這二項獎金，都會出現幾家歡樂幾家愁的「症候群」，領薪水之外的錢，有些人心裡並不快樂。

其實，天下事本來就沒有所謂的公平，同一父母所生，賢愚不一；同一老師課堂所教，學生分道揚鑣之後，成就也有所不同，何況，每一個單位的成員，是四方八面風雲際會，又怎能齊頭平等？

再說，錢乃身外之物，有錢妙益無窮，沒錢是一項悲哀；但是，錢的多寡，是福？是禍？並沒有一定的準則。君不見，有人月領萬把塊，妥善支配，不但有節餘，一家和樂充滿希望；相反地，有人月領數萬元，猶不夠揮霍，還欠下一屁股債，寢食難安！

誠然，這樣的說法絕非夏蟲語冰，而是感同身受，近十年來，只得過二次甲等獎金，尤其是近年來，在無名額限制下，全勤且多次嘉獎，仍年年七十九分，為此，並沒有使我頹廢心志，改變人生觀，仍一往情深，孝順父母，熱愛工作，因為，我不曾為分數多費一分心思，自覺薪水已夠家人衣食無缺，還奢求什麼？想想父母在那烽火漫天的窮苦年代，沒有什麼子女教育補助費，靠幾塊蕃薯田和蚵石，就能將我們兄弟姊妹七人，扶養成人立足社會，而今天的環境，勝過於當年千百倍，嚮應兩個孩子恰恰好，還怕養不活他們嗎？

記得名醫高資敏曾講過二則故事，分別是：西元二千年後的某天，一位放洋學人歸國，到機場接他的，是一個酷似母親的年輕少婦，手邊還牽著一個小男孩，歸國學人驚訝問道：「媽！您怎麼變得那麼年輕？」只見少婦笑瞇瞇地說：「我吃了一顆維他命一千，所以年輕三十歲！」然後指著手邊的男童：「他是你父親，一口氣吃了兩顆，所以變成小孩。」

另一則故事是：從前，一位農夫上山耕作，口渴喝了田邊泉水返老還童，變成年輕小伙子，中午回家吃飯，太太不敢相認，拒不讓他進門，經說明原委，太太始知喝田邊泉水會變年輕，即刻奔跑上山猛喝，太陽西下，農夫仍不見太太歸來，上山察看，原來太太過份貪心，喝太多泉水，變成嬰孩無力走回家，躺在那兒哭泣！

當然，人類智慧高度發揮，在未可知的將來，也許真能發明返老還童的維他命，但在目前來說，只是勸人莫貪求的寓言故事。「富與貴，人之所欲」，中國人講求中庸之道，人騎馬，我騎驢，回頭看看還有個推車漢，比上不足，比下有餘，獎金的多寡，只要妥善運用，知足常樂，相信都能過個快樂的新年！

一九九三年一月十四日

超越自我

隨著時代的進步，今天的社會，人們的觀念也跟著逐漸改變，其中，最重要的觀念之一，就是健全心智發展，秉持悲天憫人之胸懷，不斷充實知能，自我超越，才能開創個人成功之路。

古時候，交通不發達，知識傳播困難，在閉塞的社會中，或因家族世襲，或因個人聰明才智的發揮，往往能傲視群倫，登泰山而小天下，可是，二十世紀的今天，日漸步入自由民主的正軌，教育普及、資訊傳播無遠弗屆，只要肯努力奮發，人人都有往上爬的權利，誰也不能獨霸一方，壓制他人。

然而，環顧今日社會，由於發展太快速，金錢掛帥，物慾橫流，到處充滿著誘惑，使一些人產生偏失的心理，迷戀財富，追求名譽，在官場中佔個職缺，就沾沾自喜，作威作福；開名牌汽車，就威風凜凜，不可一世。生活的目的，就只知以身外的物質條件和別人相比，卻不知在個人無限的天賦領域裡，尋求自我超越！

從前，有一個賣米的年輕人，經常坐在門口招呼客人，耐不住寂寞，抓起米粒用手指彈射，日久天長，練就一手彈指神功，只要他抓起一把米，輕手一彈，米粒可以入木三分。因此，就憑這麼一點小成就，自認了不得。

有一天，一個老和尚來到米店前，希望年輕人略佈施捨，這時，年輕人很不情願，隨手抓起一把米彈向老和尚的臉，說著：「這些給你！」剎那之間，老和尚成了大麻臉，血水從米粒射透的皮下滲出，年輕人得意洋洋，高興不已！斯時，老和尚非但沒有頓生怒色，反而連聲稱謝，向年輕人哈腰打揖一鞠躬，才轉身離去。

誰知，不數日，年輕人一命嗚呼！原來，老和尚那麼一鞠躬，其功力已讓年輕人五臟俱裂。可見，強中自有強中手，再高強的武藝，也沒有永遠的贏家。所謂「一瓶不響，半瓶叮噹」，真正有才學的人，往往深藏不露！

有人說：「人生就像一場賽跑。」而在優勝劣敗、適者生存的人生跑道上，不要寄望別人跑得慢，應該不斷地加快自己的腳步，超越自我，才能登峰造極，贏取生命的金牌！

一九九二年十一月二十三日

日行一善

車過十字路口，前面一部公車泊站上、下乘客；本來，我可以輕易搶道超越，可是，看到一群群背著書包的學童，從車廂裡散開，我下意志地決定：「寧走千步遠，不走一步險！」於是，我趕緊踩住煞車停在公車後面靜靜地等候。因為，開車上路，不怕一萬，只怕萬一，除了自個兒須遵守交通規則，更重要的，需要防範不遵守交通秩序的人，尤其是懵懂無知的孩童。

所謂「退一步，海闊天空！」約莫一眨眼的工夫，前面的公車吐出一口黑煙走了，我立即推上起步檔，正要踩足油門的當兒，忽然，視覺裡出現二個學童打了起來，起初是相互推拉，緊接著拳打腳踢，被踢中腹部的人倒地呻吟，仍不忘從地上抓起石塊投擲對方，那種情節，直比武打片一般令人驚心動魄。

看到這一幕，我不加思索地熄火，打開車門衝了出去，因為，立即阻止他們相互攻擊，是我無所逃避的責任！

當然，「事不關己，最好少理！」我可以假裝沒有看見，然後，加足油門迅速離去，反正，不是很多人說「別人囝仔死未了」嗎？他們應是為爭座位而打架，即使打得頭破血流出人命，又與一個路過的陌生駕駛人何干？

再說，這年頭，人們重利輕義，大家已見怪不怪，有利的時候，總是不惜頭殼削尖尖去鑽營，或逢迎拍馬、或卑躬屈膝，甚至，使用各種惡毒的手段，亦在所不惜。反之，碰到無利可圖時，則避之唯恐不及，尤其在公務界裡，常常是「巧者多勞拙者閑」，多作多錯，不作不錯，因此，很多人抱持多一事、不如少一事，寧可「吃肥肥，格棰棰」，也不肯多費心思去管別人的閑事。總歸一句話，若要不管二個打架孩童的死活，我可以輕易找出一車的理由，來搪塞或原諒自己。

可是，誰叫我自幼即是固執己見的「好事之徒」，想改都改不了，軍管時期，還因擋人財路，又不肯向威逼利誘低頭，不但考績年年乙等，還險些丟了飯碗。如今回想起來，依舊無怨無悔，樂此而不疲。就以看見孩童打架來說，若以眼不見為淨逃之夭夭，是可避免惹上無謂的麻煩，卻永遠逃不掉良知的譴責，而以舉手之勞，適時化解一場紛爭，雖微不足道，卻是日行一善，內心獲得的那份安慰，不是用金錢所能買到的！

一九九四年十二月九日

一失足千古恨

最近，一位元老級的立委被扯出涉及賄選，消息經媒體披露之後，彷彿一顆炸彈點燃引信，未來案情發展，極具震撼性，備受萬方矚目！

其實，這是一個「選舉無師父，用錢買就有」的年代，選舉靠用錢買票才能當選，已不是什麼鮮事，然而，為何一個元老級立委涉及賄選，就驚天動地的喧騰起來？

或許，這是儒家道統思想根深蒂固，「寡婦失節，不如老妓從良」的觀念深植人心，一個人做了九十九天善事，而在第一百天幹了壞事，則前面的善行皆付諸流水。歷史上，一念之差陷入迷魂陣導致身敗名裂，淪為千古笑談的故事，實在不勝枚舉。

話說晉朝有個柳太師，慕名深山一修道高僧「紅蓮和尚」，多次差人面邀皆不為所動，因而由慕生恨，暗中找來一個叫荷花的妓女，面告如能上山和「紅蓮和尚」辦次雲雨之合，叫他失了真道，願償白銀二百兩。

荷花見錢心動，當面要求小轎和數個女侍，扮作官宦人家千金上山進香，到了方丈之內，但見紅蓮端然正坐、閉目養神；荷花見狀突喊肚子痛，撲身倒向和尚懷裡，嗲聲嗲氣地自行脫衣，請求和尚代為診治，「紅蓮和尚」被這突如其來的舉措，嚇得目瞪口呆，久久之後，才口唸阿彌陀佛，連聲請小姐自重，佛門聖地，出家人嚴守五戒——殺、盜、淫、妄、酒；況小姐是未出閣的大家閨秀，毀了名節如何是好？

誰知，荷花本是妓女，繼而發揮職業本能百般獻媚，俗話說：「眼不見，嘴不饞；耳不聽，心不煩！」人非草木，誰能坐懷不亂？和尚被粉脂香味薰得心神飄蕩，不知不覺中幫荷花完成任務。

當荷花下山領償之後，柳太師立即派人送了一封信消遣「紅蓮和尚」，上面寫著：「紅蓮和尚修行好，數載苦守在廟裡，可惜十年甘露水，流入荷花兩瓣中！」

所謂「目見之事猶恐未真，故事傳說豈能全信！」這則故事的真實性如何，並不重要，重要的是，世界上沒有一個富翁，能滿足自己的財富，而停止聚財；同樣的，也沒有一個政客，能滿足自己的權力，而停止鬥爭！結果，「人因名利身家喪，蠶為貪食命早亡」，怪不得連修行之人，都跳脫不出七情六慾的誘惑，更別說是塵世凡人了！

人生道路多陷阱，一失足將成千古恨，還是步步小心為妙！

一九九五年一月十四日

歹勢

「歹勢」一詞，是閩南語的音譯，最簡單的解釋，是對不起的意思，在閩南人日常生活之中，大家耳熟能詳，不但自己常常有意無意脫口而出，也隨時隨地會聽到別人這麼說，尤其，值得一提的是，「歹勢」一詞，也該算是浯島的文化特產。

何以說「歹勢」一詞，也算是金門的特產？我想，其來有自：記得不久前上台北，一家公司的老闆知道我是從金門來的，特別戲說一件趣事，他說：金門人把「對不起」和「抱歉」說成「歹勢」，更奇怪的是有人說成「歹曉」，在他的金門客戶之中，有一位信用一直很好，頭一次到公司，手裡提著高粱酒，口裡卻連聲「歹曉」，而閩南語「歹曉」的意思，正是壞去的帳，聽得大家滿頭霧水，心想是他的財務發生困難，暗忖公司送出去的貨，大概泡湯了，因此，大家面面相覷，臉色凝重。

然而，念在往日情份上，以及多年生意往來，坦誠追問原委，才恍然大悟，原來那位鄉親仁兄，貨款本要寄匯票，想到自己有事上台北，才延遲幾天親手奉上，便覺得過意不去，因而見面時連聲說「歹曉」，造成一場虛驚。

誠然，金門的居民，大都來自泉州、廈門和漳州，是一個道地以閩南族群為主體的社會，早受朱子文風教化，人與人相處，大家都普遍能恭謙自持，相互忍讓，所以，「歹勢」遂成一種發乎情，止乎禮的口頭禪，日積月累，相沿成習，大家見怪不怪！

當然啦！「歹勢」一詞，音、意上皆不怎麼典雅，可是，卻是一種至高無上，且足以傲人的美德，因為，為人處事，懂得「歹勢」的人，大都「事能知足心常愜，人到無求品自高」，最起碼，男不盜、女不娼，在家裡能孝順父母、友愛兄弟，當公務員的，能奉公守法；做生意的，不會偷斤剋兩等等，更不會為了升官發財，低聲下氣逢迎拍馬，出賣自己的尊嚴。總歸一句話，嘴邊常掛著「歹勢」的人，普遍知曉「錢銀有地賺，名聲無地買」，大抵都不會幹出「吃碗內，看碗外」的勾當。

古人有云：「知恥近乎勇！」一個人若能時常反躬自省，凡事自己先退讓一步想，每每能化解無謂的紛爭，所謂「出手不打笑面人」，正是這個道理。

「浯江夜話」，沒有題材限制，大至國家興亡，小及個人喜、怒、哀、樂，什麼都可以寫，但是，卻有字數設限，匆匆下筆，拉雜寫來，眼看字數已夠，可以按時如數交稿了，只是文思魯鈍，詞不達意，濫竽充數，該向您說聲「歹勢」才好！

一九九四年九月十日

給豬哥亮的新婚賀禮

電視上那個「牛皮、牛皮、吹一吹，風濕、關節就不痛」廣告的秀場主持人豬哥亮，又要結婚了；連日來，不但成為大眾傳播媒體炒作的焦點，也是街頭巷尾人們茶餘飯後磨牙的話題！

其實，兩性結合，這是自盤古開天闢地以來，生物為繁衍後代，延續生命的前奏曲，一點兒也不值得大驚小怪！何況，姻緣本是天注定，紅線只繫有緣人，男女雙方，只要兩情相悅，彼此看順了眼，願比翼連理，那怕是王八配綠豆，也是「爛鍋自有爛鍋蓋，蛤蟆自有蛤蟆愛」，他們自己喜歡就好，任誰都不能妄加干涉。再說，古往今來，「男子缺妻財無主，女人少夫身無主」，所以，兩性結婚，那是人之常情，也是無可逃脫的職責。

當然，人生不如意情事十之八九，尤其，在感情的路途上，幾千年來，不但封建制度以男人為主的觀念根深蒂固，而且，儒家仁恕道統思想深植人心，男婚女嫁，悉奉父母之命，憑媒妁之言，於是，「自古才子佳人相配少；買金偏撞不著賣金人」的事例屢見不鮮，甚至，「駿馬常馱痴漢走，巧妻常伴拙夫眠」，也被視為理所當然。反正，男女公開拜堂之後，男方可以休妻或納妻，女方就是不滿意，也只能忍耐接受，王寶釧苦守寒窯十八年，孟姜女「萬里尋夫」哭倒長城的故事，就是最佳的寫照。

或許，以今天的眼光來看，昔日「一馬不跨雙鞍，一女不事二夫」的想法很不人道，對待婦女同胞更是不公平。可是，放眼今日社會，多少有錢有勢的公子哥兒，視婚姻如兒戲，換妻如換鞋，他們又何曾尊重過婦女同胞？說得更明白一點，人之異於禽獸，在於人是萬物之靈，擁有感情存在，因此，兩性相處，若不是心靈上的契合，單憑一時衝動的男貪女愛，招之即來，揮之即去，那和路邊的野狗還有什麼兩樣？

平心而論，這是民主法治的社會，任何人只要達到法定年齡，身分證配偶欄裡空白，都有權選擇自己心中理想的伴侶，因此，那個終年頭頂西瓜皮，滿口黃腔「教歹囝大小」的藝人，雖已有三次婚姻記錄；可是，目前卻是「自由身」，誰又能剝奪他的權利？

只是，他是公眾人物，不該在這個節骨眼，帶著未婚妻公開上總統府亮相，為國內偏高的離婚率推波助瀾。然而，看他平日那副「豬哥」相，恐怕早已「生米煮熟飯」，再說什麼也是枉然的，何不慶幸「有情人終成眷屬」，以「白頭偕老」四字，送給他作新婚賀禮，祈望這齣愛情連續劇，已是最後完結篇，千萬不要再有續集才好！

一九九四年十一月九日

解讀與解毒

日前，執政的國民黨文工會發表一份說帖，針對黨主席過去有關「國民黨是外來政權」、「國民黨只有二歲」、「身為台灣人的悲哀」及「出埃及記」等談話，被「解讀」成有台獨傾向，引起誤會與爭議，因而特別提出澄清「解毒」。

讀這樣的新聞，讓我想起了一則故事：話說「濟公活佛」，原係羅漢化身轉世，雖常衣衫襤褸，嗜酒如命，瘋瘋癲癲，但是，「佛力癲中收萬法，禪心醉裡指無明」，他到處行善助人，為滿朝文武及百姓所崇敬，大家知道他口靈，所到之處，人人爭相邀他講幾句好話，都能財星高照，或鴻運當頭。

有一天，濟公外出悠遊，適遇一個員外蓋造三間廳房，正舉行上樑盛典，恰巧濟公路過，員外當然不願放過大好時機，準備好酒盛情款待，祈望他說幾句吉利話，討個好采頭，濟公果然有必求應，他說：「今日上紅樑，願出千口喪；妻在夫前死，子在父先亡！」語畢，旋即轉身離去。

員外聽後氣急敗壞、暴跳如雷，連聲責罵濟公不知好歹，虧他還備酒以禮相待，明明要他說吉利話，竟說一些「喪、死、亡」等不吉利的壞話，現場賓客人人都傻眼了。斯時，只有一位老工匠，卻連聲向員外道賀。

老工匠說：「大家想想，這間廳房若能住出千口喪，那是人丁興旺幾百年；妻在夫前死，即明示這戶人家絕無孤兒寡母；子在父先亡，更是絕無白髮人送黑髮人的不幸情事發生，說明這戶人家永不絕嗣，這樣的話還有什麼不吉利呢？」大家聽後才恍然徹悟，員外急忙快追，欲向濟公致謝，可惜，活佛已不知去向！

從以上這則小故事，我們可以發現中國文字奧妙精深，短短幾行字，含義深遠，除此之外，也可以看出斷章取義，膚淺且輕率「解讀」別人的語義，自古以來就是人類的通病，怪不得這等情事，也曾偶而發生在我們身上，一篇信手拈來的「浯江夜話」小方塊，了不起只是表達自己心中的喜、怒、哀、樂，也都會被「解讀」為意有所指。

其實，參與「浯江夜話」耕耘的同仁，都有被趕鴨子上架的感覺，能夠按時如數交稿，已屬萬幸，那裡還有餘暇在裡面滲有弦外之音？幸好，連擁有大智大慧的國民黨李主席，他的談話也會被「解讀」引起爭議，不得不由文工會發出說帖「解毒」，而我等凡夫俗子，偶而被誤解又算得什麼呢？

一九九五年一月九日

蠶的啟示

孩子養了一盒蠶，說是每隻兩塊錢向同學買的，每天放學回來，逕到村外廟後採桑葉，小心呵護蠶兒成長。

我不反對孩子養蠶，因為，蠶兒蛻變演化史，就是一本活教材，讓孩子採桑養蠶，不但可以觀察生物攝食賡續生命的過程，也可以潛移默化，陶鑄恆心和毅力。說真的，孩子養蠶不是壞事，小時候，自己也養過，實在沒有理由和權利，輕易剝奪孩子的雅興！

記得孩提時，每當春雷乍響，趕緊捧出去年深秋收藏的蠶卵盒，看著蟻蠶一隻隻破殼而出，用乾毛筆小心翼翼攙扶在桑葉上，看牠啃噬葉脈，經過四次休眠脫皮，便吐絲結繭，繭中的蛹羽化成蛾產卵，生命周而復始，綿延不絕！

打開中國人類史，老祖宗早在四千多年前，黃帝的元妃嫘祖，即開始教人採桑養蠶織布，孕育華夏民族傲世的絲織文化。

當然，世事沒有所謂的絕對性，孩子養蠶，雖不若打電玩那樣勞神傷財，可是，每當看到孩子捧著蠶盒，專注蠶兒攝食情景，卻令我憂心不已！因為，蠶兒一出生爬上桑葉，除了吃、還是吃，日以繼夜，只顧自己拼命地吃，不像蜜蜂懂得合群分工，不如螞蟻能團結互助，等到吃飽養肥，趕緊吐絲結繭，將自己緊緊地包裹起來，自私得以為尋獲一個安全的殿堂，其實，愚昧到自築墳墓而不自知！

歷史告訴我們，炎黃子孫，本來是一個懂得「禪讓」的民族，傳賢不傳子的公天下之局，後竟因私心孽重，變成傳子不傳賢的封建帝制。結果，爭權奪利，征戰韃伐，甚至焚書坑儒，私心自用，讓中國的社會停滯幾千年。

的確，「人不自私，天誅地滅」，遠的不談，不久前華視八點檔鄉土大戲，要不是「師公吉」驚某大丈夫，愛嬌姨恃寵撒嬌，戲早該落幕了，豈有續集上演？刻劃現實社會，為官者不懂得「燒瓷吃缺」，內舉不避親，頭殼削尖尖去爭權，好讓考評升遷為親人說項，一條魚把中間的大塊肉夾走，剩下魚頭、魚尾留給別人吃，叫單位怎麼團結進步！

這是一個群體社會，「人必自侮，而人侮之！」一個人要讓人尊重，務必心胸坦蕩，萬萬不能存有太重的私心。孩子的心靈是一張白紙，我希望他養蠶，該學的是「春蠶到死絲方盡」，燃燒自己照亮別人的精神，竭一己之力，貢獻人類，但願不要學蠶兒自私自利，好處只往肚子吞的行為才好！

一九九三年四月二日

夜讀「包公奇案」

十八年前，家裡窮，窮到連一台黑白電視機也買不起，加諸父親擇善固執，夜間嚴禁孩子在外遊蕩，當然，包括到別人家看電視。因此，雖然盛演二百八十五集的「包青天」大戲，令觀眾如痴如醉，可惜自己不能躬逢其盛，而時在憾中！

這一回「包青天」老戲新演，依舊集集扣人心弦，迭創佳績，無奈每當大戲開播，正是上班編報時刻，面對滿桌的稿件和圖片，一張報紙的出刊分秒必爭，豈容分心？

幸好，不久前，從夜市買回一大堆磚頭書，其中就有一冊「包公奇案」，每當從編輯部看完報紙大樣回家，夜深人靜燈下細讀，雖不若螢幕聲光效果那般深具臨場感，也沒有經過精心編導的故事情節；然而，文字的描述，是那樣地真實，讀起來身歷其境，歹徒的陰狠狡詐，令人咬牙切齒！案情撲朔迷離，叫人屏住氣息，靜待包太尹抽絲剝繭，特別是每當峰迴路轉，在證據確鑿下，歹徒俯首認罪，天理昭彰，實在大快人心！

古今中外，文學戲曲，旨在娛樂大眾、教化人生。有很多戲劇，在博君一笑之後，很快地就為人們所淡忘，惟獨宋朝包太尹，不畏皇親國戚、鏟奸除惡的傳奇故事，歷經幾百年仍為人們所稱頌，實因包公守京之日，治下寧靜，犬不夜吠，奸雄斂跡，公正廉潔如秋月之明，而有「青天」之譽！

的確，「包青天」之所以廣受觀眾垂青，與其說戲劇商品化，情節經過刻意改編、和演員傾力演出的結果，倒不如說「包公」是正義的化身，觀賞這一齣戲，除了消遣，更大的作用，是抒發胸中的鬱結。

眾所皆知，我們這個社會，好人占絕大多數，他們孜孜勤儉，為家人、為社會奉獻犧牲，只有極少數的不法之徒，為了滿足個人的私慾，幹起傷天害理的勾當，把整個社會秩序都搞亂了，所謂的「一顆老鼠屎，害了一鍋粥！」大家敢怒不敢言，任其逍遙法外，甚至，還要「削足適履、殺頭便冠」去遷就禮遇；反是忠義之士不受重視，善良的大眾遭到冷落！

君不見：殺人不眨眼的死囚，還勞師動眾為他請求寬赦，行刑之後，喪祭風風光光，花圈綿延一公里，政府首長更頒賜「長才未竟」、和「典範猶存」的輓聯。試問，讚頌黑道分子是「長才」，樹立冷面殺手為「典範」，這樣的社會教育，能不令人心有戚戚焉？現實生活中是非不明，公理不張，人心久旱望雲霓，怪不得只有藉戲裡鐵面無私的包大人、足智多謀的公孫先生、盡忠職守的展護衛，以及張龍和趙虎，去實現理想夢境！

一九九三年四月十二日

大與小

曾經，有二個不同寺廟的小沙彌不期而遇，甲沙彌炫耀來自名山古剎，廟殿雄偉、佛像至尊，原以為能博取欽羨；豈料，乙沙彌只淡淡地應道：「阿彌陀佛，出家人四大本空，五蘊非有！」所謂四大，就是地、水、火、風，一切有形物體構成的元素；所謂五蘊，即是皮肉筋骨，身體髮膚可感受喜、怒、哀、樂。換句話說，乙沙彌心境早已四大皆空，萬慾不存，宇宙隱在胸臆之間，廟殿雄偉，佛像至尊，又怎能相提並論！

往昔，沒有實施「公平交易法」，牛皮吹破了沒人管，於是，就有一個很會吹牛的人，他說：他的朋友是個大富商，專門往來大江南北做買賣，有一次，買了一大批貨，雇船順江而下，江心大浪滔天，船身都沒晃動一下，你想這條船有多大？貨船走著走著，突然，江邊有幾個頑皮的子孩，朝江裡扔石子，一個不小心，其中一粒石子不偏不倚正中船身，大船應聲沉沒，你想這粒石子有多大？就在這個當兒，說時遲，那時快，江裡一條飢不擇食的魚游過來，一口吞了大船，你看這條魚有多大？這且不說，江魚吞了大船猶不知足，仍到處覓食，正巧岸邊有一漁翁垂釣，江魚又不客氣地一口咬住魚餌，被漁翁順勢一竿拉起，你說這支魚竿有多大？這個牛皮再吹下去，真的沒完沒了，恐怕地球可以像籃球一把抓起來扣籃。

總歸一句話，大與小，似乎沒有一定的標準框框，但憑個人自由認定。

古老的中國，人們以天為大，皇帝就是天子，只有他最大，人人要向他下跪，皇帝冊封的官吏，都是大人，老百姓一律是小人。他們不知道世界之大，地球只不過是太陽系九大行星之一，宇宙之浩瀚，光是銀河系就有數不清的行星，天外確實有天，而人外是否有人，這個謎題恐怕不易開解！

其實，時代在變，環境跟著不同，市井小民不能再從科舉考場當「大人」，卻爭相擠大學的窄門，有辦法的人，都費盡心思去追求傲人的大權力、億萬大富翁、國色天香大美人、加長進口大轎車，然後，天天大吃大喝等等不一而足，就連沒有辦法的納稅市井小民，也要弄個「大家樂」來玩玩，甚至，無奈的小混混，拼個你死我活，為了爭一個「老大」來過過癮！

人世間，世事如棋局局新，變化無常，若能徹悟「白髮催人老，虛名誤人深」大公無私，心寬地廣，雖無大財大勢，亦是頂天立地的巨人；反之，為爭名逐利，慾壑難填，心眼之中容不下別人，就算大得了一時，能大得了永遠嗎？

喜歡大，沒有什麼不好，最怕有一點的自大，就要變成「臭」了；同樣的，自認小，也沒有什麼不好，安分守己，謙虛是美德，不是嗎？

一九九三年五月二日

下次自備零錢

從外科門診室裡出來，我鬆了一口氣，小犬手掌的腫痛，只是一種璉球菌感染的皮囊炎，醫師開了二瓶藥膏，囑咐按時擦拭，應沒有什麼大礙；孩子是公眷，我拿著處方箋到櫃檯辦理藥品批價手續，承辦小姐查閱價目單，幾番折騰，開了一張藥價收據，然後，伸出五個手指頭：「五塊錢！」

我趕緊摸摸口袋，剛才回報社拿眷保單，孩子嚷著口喝，幾個鎳幣都餵販賣機去了，一時也找不到硬幣，不得已的情況下，只好拿出一張五十元紙鈔，正要遞出去的當兒，出納小姐突然驚叫一聲：「我的天！又沒零錢！」

我得再重述一遍，我從口袋裡拿出一張藍色五十元紙鈔，不是藍色千元大鈔，因為，那是我身上最小面額的鈔票，迫於無奈，也只好苦笑：「對不起！身上實在沒有五元鎳幣。」但見她一臉不悅，拉出抽屜，迅速拿出四個十元鎳、一個五元鎳幣放在櫃檯上：「下次要自備零錢，我們的業務夠多了！」

「是的！下次要自備零錢！」攙著小犬步下階梯，內心不斷這樣吶喊著。真的，若是早知道該付五塊錢，而且，櫃檯上也張貼有「自備零錢」的告示，就算跑回家拿，自己理虧，還能有怨言嗎？

回家的路上，我不斷地思索著，錢幣的發行，這真是一門耐人尋味的問題，人類若回到茹毛飲血，或以物易物的洪荒年代，恐怕就沒有「錢」的煩惱，偏偏人的智慧高度地發揮，發明大鈔小鈔，而且，大家爭著要，百萬富翁想變千萬富翁，慾壑難填，偷搶詐騙，甚至連備有密碼，可以通行天下的金融卡，前一陣子還是被人盜領了。

其實，撇開這些不談，大家如果不健忘，十幾年前，有人炒作一元鎳幣，結果，市面上通行的鎳幣銷聲匿跡，到商店買東西，會找一些小日用品，買車票找郵票，看電影找口香糖，無奇不有，想必大家還記憶猶新！

時代在進步，這是一個以服務為導向的社會，不管幹那一行，都以付出換取酬勞，理應負有找零錢的義務，因為，很多顧客根本不知道貨款價碼，如何自備零頭？可是，話說回來，若人人用大鈔，真會累壞工作人員，過去，有人故意開車掌小姐玩笑，一伙人手持大鈔，依序上車買票，在擁擠顛簸的車廂裡，真把車掌小姐難倒！

俗話說得好：「給人方便，就是給自己方便！」但願大家養成習慣，出門自備零錢，利人利己，妙益無窮，此外，以服務為天職的朋友們，請記得助人最樂，一人的辛勞，換來大眾的方便，不也是功德一件嗎？

一九九三年七月十八日

百行孝為先

王永慶這個名字，在國人心目中耳熟能詳，任誰都知道他是工商鉅子，富可敵國；然而，他也是一個現代「老萊子」，典型的孝子，這恐怕就鮮為人知了。

根據報導，王永慶的母親——王詹樣女士，歡渡一百零六歲生日，王家四代同堂，數十在國內的親人全員到齊，大家圍在一起點蠟燭、切蛋糕，氣氛熱絡，讀這樣的新聞，真叫人溫馨滿懷。

其實，諸如此類的家庭慶生會，閉著眼睛俯拾皆是，實在沒有什麼大驚小怪的地方，值得媒體記者多費筆墨；可是，這等芝麻小事，落在「台塑王國」大家長的身上，意義就顯得非比尋常，自然格外引人注目了。

當然，讀者的焦點，不在於王母的長命百壽，而在於王氏兄弟的一番孝行，所謂「大孝光宗耀祖，小孝獨善其身」，王永慶昆仲，幼年家貧喪父，由母親克勤克儉撫育成人，從嘉義市街一個賣米的小販，開創睥睨寰宇的大企業，不獨直屬員工四萬餘人，且中下游賴以維生的人更不計其數。更難能可貴的是，王氏兄弟飛黃騰達之後，仍不忘本，他們感念父恩，時時親沐慈暉！

誠然，王永慶九歲那年，父親王長庚即臥病不起，衡情論理，父親給他的印象應該不是很清楚，況且未盡養育之責，可是，王氏兄弟永懷父恩，在行有餘力之時，即興建「長庚紀念醫院」，讓父親的名字，照耀千千萬萬病痛的同胞；而對於生長在鄉下的母親，特在台塑大樓頂，仿製家鄉的田舍，讓母親閒來種些地瓜、小菜，更不時分批從嘉義老家，接來鄰居老友，陪老人家談心敘舊，當然，王氏兄弟晨昏躬身定省，母子同享清粥小菜，沐浴天倫之樂。

中國人是個講究孝道的民族，孔老夫子在論語裡闡述最多的，正是「孝」字，所謂「半部論語治天下！」就是父慈子孝、兄友弟恭，家家如此，人人盡孝，社會還有暴力嗎？「人而盡孝，福雖未至，禍其遠矣！」就是這個道理。

然而，環顧今日社會，經濟發達，道統親情淪喪，很多人翅膀長硬單飛之後，醉心功名權勢，而罔顧人間孝道；君不見，很多人娶了太太忘了娘，趕快搬到外面住，把雙親拋在孤獨的塵煙裡，甚至，視老人家為怪物，避之唯恐不及，拿著錢把他們送進安老院，讓他們過著落寞的晚年！

平情而論，王永慶所建的塑化、醫療、電力和電子科技企業王國，睥睨環宇，除是個人勤勞儉樸換來的成果，亦是時勢造英雄，可遇不可求，一般人想效法，大概只能在夢裡去實現了，可是，百行孝為先，每個人的父母只有那麼一對，自己不孝敬，誰來孝敬呢？「樹欲靜而風不止，子欲養而親不待」，王永慶孝親的精神，是大家學習的好榜樣。

一九九三年七月十三日

一字之差

我們的老祖先創造方體文字，博大精深，睥睨寰宇，不獨使用起來字字斟酌皆學問，抑且寫起來筆筆勾勒見功夫，一筆之誤，一字之差，輕則文章意境全失，貽笑大方；重則身繫囹圄，甚至人頭落地，古往今來，實例多不勝數，豈能不慎？

君不見，清兵進關入主中原，大興文字獄，諸如雍正四年，禮部侍郎查嗣庭為江西鄉試主考，出了一道試題為：「維民所止」，係出自詩經「邦畿千里，維民所止。」意思是國家廣大的土地，都是百姓所居住的，含有愛護人民之意。但有奸讒小人向皇帝密告，指「維止」是「雍正」兩字去掉頭部，有暗示要殺皇帝的頭，因此，龍顏大怒興起文字獄，主考官查嗣庭遭滿門抄斬，株連冤死者不知凡幾？

同樣地，十多年前，俞國華任中央銀行總裁時，台北某大報在一則新聞報導裡，竟將「央」字誤植為「共」，變成「中共銀行總裁」；在那個時代，一字之差，錯誤何其大！據說，因為那一個小字之錯，報館裡多人被炒魷魚。

除此之外，最近「陽光法案」熱烘烘，不少民代搶在陽光露臉之前公布個人財產，縣籍立委亦躋身行列之中，絕大多數的媒體報導，他的存款金額是七十幾萬元，負債六十幾萬元，可是，有一家大報將其中的「十」字寫成「百」，讓他的存款和負債各暴增十倍，更妙的是有一家晚報，將其中的「萬」字寫成「億」，讓一個騎摩托車競選的立委，財產數字彷如我國高居世界第一的外匯存底，真是差之毫釐，失之千里！

不可否認，五千年來，炎黃子孫是一個重視寫字的民族，孩童進學，首先要學的就是研墨習字，藉由筆劃修練的勁力，陶鑄作文的功業，一篇詩詞文章，白紙上寫黑字，不管詞意如何，墨跡的工整清晰，給人的主觀印象，宛若面貌姣好的女子，令人賞心悅目，不由得打從心底喜歡，尤其，墨跡除了工整清晰，若再加上幾分娟秀、挺拔，則更別具一番風韻！

印刷術精進之後，加諸當前科技掛帥，電腦資訊抬頭，需要什麼字體，不管大與小，輸入幾個按鍵碼就有了，寫字的工夫逐漸沒落，然而，很多新聞稿，都是匆忙急就章，不少還是手寫稿，其間十修八改，令人看得頭昏眼花，真佩服許多先進的編、排、校同仁，個個都是猜字高手。

當然啦！從事夜間新聞出版工作，誰不渴望文稿字體清晰，一目了然，做起事得心應手，更可把錯誤減到最低點；相反地，面對潦草的文稿，除了徒增困擾，且延誤出刊，要是遇到姓名或數字看不懂，也只好搖頭三嘆了！

的確，文稿字跡的清晰與否，和錯誤有直接關係，就像一個斜眼歪鼻、蓬頭垢面的人，想照出一張漂亮的沙龍照，那是天方夜譚！報紙出刊之後，發得出去，收不回來，若因文稿潦草出錯，再怪罪編、排、校的無知和無能，一切都太遲了，寫稿的朋友，何妨設身處地為大家想想！

一九九三年六月二十九日

逼稿成篇

自從忝為「浯江夜話」園丁，輪流按時如數交稿，生活因而緊張、充實，日子彷彿八寶粥百味雜陳，酸甜苦辣盡在其中！

「浯江夜話」是金門日報副刊特有的方塊文章，開闢迄今，已歷經二十幾個年頭。早年，是由社長、總編輯、編輯主任執筆，他們談古論今，秉春秋之筆，嚴善惡之辨，負有匡正時弊，激勵民心士氣的重責大任！

幾年前，前編輯主任風衣先生，為獎掖後進，提昇編輯人員素質，極力爭取由編輯弟兄輪流耕耘，他的美意是：為了繳稿，自然會主動去看報、讀書和關心社會脈動，日積月累，就能收潛移默化之效；他相信，一分的努力，勝於十分的才智，蜂兒靠平日採集的花粉，才能釀造甜美蜂蜜，筆鋒更需千錘百鍊所鎔鑄，絕非一時的靈感，所以，編輯人員惟有不斷地讀和寫，才有助於報紙內容的充實。

不可否認，人是一種被動的動物，惰性每每啃噬天資稟賦，只有在困阨之際，聰明才智才能淋漓發揮，甚至，古聖先賢亦不能免；君不見，孔子阨於陳蔡作春秋、屈原放逐著離騷、左丘失明厥國語、孫子臏腳論兵法，他們千古不朽的巨著，都是被逼出來的。

當然啦！方塊文章，並無題材限制，什麼都可以寫，大至國家興亡，小至個人喜、怒、哀、樂，可是，卻有字數限制，下筆要簡而不繁，言之有物，讀起來發人深省。老實說，這並不是件易事，何況，平庸若我，天資駑鈍，既不曾遊歷五湖三川，亦甚少深涉古典經文，濡毫戲墨，豈能登大雅之堂？

再說，談論國是，實在力有未逮；論理說教，報紙是商品，有誰願意看？因此，每次輪到繳稿，總是折騰半日，搜索枯腸無以下筆，尤其，當我知道很多長官、朋友他們是「浯江夜話」忠實的讀者，還用硃筆圈點，內心更加惶恐不安。

幸好，朋友告訴我：「世事洞悉皆學問，人情達練即文章」，小故事，大道理。於是，我才敢於從身邊滑過的瑣事寫起，像窗外的喜鵲，孩子的蠶盒，都仔細地去關心和體會；年歲漸長，記性衰退，一些看到、聽到的事，若不立即作筆記，就像盛在破籮筐裡，一會兒的工夫就消失得無影無縱。作「浯江夜話」的園丁，讓我生活更加地忙碌，除了看更多的書報；更重要的是，為了繳稿，不得不對事觀察，對人關心，不知不覺中成了「好事之徒」。

一九九三年四月二十七日

珍惜自我

三十年前，林黛自殺的消息晴天霹靂，震驚全球華人，這位曾獲四屆亞洲影后巨星的殞落，令無數影迷為之心碎，嗟嘆不已！尤其，她的死因成謎，更平添濃郁的神秘色彩，留給影迷無盡的遐思。

而今，她的乾女兒馮寶寶，日前在紀念林黛逝世三十週年之際，感傷地揭開塵封的往事，使當年轟動一時的影劇新聞，再度熱烘烘地，成為人們茶餘飯後談論的焦點。

其實，星海浩瀚，藝人的新聞，所謂「真真假假亦真，假假真真亦假！」因為，影片、專輯是商品，為了促銷、玩噱頭、搞花招，以引起消費者注目，那是天經地義的事，本來不屑一顧，只有傻瓜才會跟著音符起舞。然而，不管林黛是假戲真作，或是真的看破紅塵，選擇了不歸路，畢竟，人死不能復生，這齣戲演得太真，連NG的機會都沒有了。

我不是影迷，心中自然沒有偶像。其實，星海浮沈，仿如南柯一夢，林黛的死，就像紅樓夢裡曹雪芹筆下人世的悲歡離合；而李小龍「中國功夫」的登峰造極，叱吒風雲，也僅像史書帝王將相縱橫馳騁，威赫不可一世之後煙消雲散，「是非成敗轉頭空，青山依舊在，幾度夕陽紅」，留給後人幾許惆悵而已！

不錯，「紅顏遲早變白髮，佳人豈能不骨枯」，每一個人，無論王侯將相、或販夫走卒，貴與賤，百年之後，都是黃土一坯！可是，人的天生本能，就有求生的慾望，追求永恆，嚮往幸福，因此，哲學家費盡心思構建各種理想國，安置人心性靈；宗教家更超越無常，打通生死路，引人向善，走向極樂世界，只可惜，不幸的是，仍有很多人無法解開胸中的鬱結，跳脫不了苦海深淵，自我沈淪而走向絕路。不可否認，國人十大死亡原因，「自殺」就躍登榜上，除此之外，吸毒慢性自殺案件逐年上升，監獄為之人滿為患，問題之嚴重，已到了不可忽視的地步。

有人說，「自殺」是一種解脫，一了百了；吸毒自我麻醉，寵辱皆忘，然而，身體髮膚，受之於父母，誰有權利損傷自己，害了別人，這是最笨的行徑，當年林黛的選擇，縱有千萬個理由，也抵不過拋夫別子的罵名；因為，她拋下襁褓之中的親生骨肉，讓兒女沒有母愛，是何等的殘忍？當時，若能忍一時之氣，可保百年身，所謂「好死不如歹活！」今天該是含飴弄孫的時候，怎會留下一個破碎的家呢？

誠然，「林黛自殺事件」已經匆匆三十載，是與非我們不便妄加定論，但是，當我們在懷念她的時候，不要忘了珍惜自我，掙脫心中的牢籠，勇敢地向前走！

一九九三年七月十八日

父親節的省思

一年一度的「八、八父親節」，在一片感恩聲中過去了。

父親節，這個近年來商人藉廣告推波助瀾炒熱的新節慶，和母親節一樣掀起連番高潮，喚醒沉迷物慾的人們，重視終年辛勞的父親，善盡一番人子孝道。

的確，在傳統的社會裡，父親的角色，似乎沒有母親那麼備受讚美歌頌，實因自古「男主外、女主內」，加諸父親大都扮演管教的「黑臉」，不重則不威，於是，和孩子間遂成一道無形的鴻溝。相反地，母性慈暉，天生溫良，從哺育、把屎把尿、到洗衣、燒飯，照顧孩子無微不至，尤其，母親的懷裡，更常常是孩子的避風港，甚至，在外遇危險或驚嚇，都會不由自主地叫「阿娘」！

其實，「哀哀父母，生我劬勞！」父母對子女的愛，是同樣的偉大，不能有所偏頗。今天，父親節之所以能很快被社會大眾所重視，原因就在此。然而，為人子女，對於父母的崇敬，應是朝朝暮暮，歲歲年年，絕不是母親節或父親節當天，送件禮物或給個紅包就能了事，因為，親情無價，不是任何財物所能替代，何況，現今物阜民豐，老年人物質生活大抵不虞匱乏，真正需要的是一份真誠的關懷，或許，一張卡片，一通問候電話，同樣能滿足老人家心靈上的空虛。

綜觀今日社會，西風東漸，社會價值觀丕變，年輕人喜歡小家庭，昔日三代同堂，含飴弄孫的情景已不多見，固有孝道也跟著日漸式微。然而，在傳統禮教束縛下，為了爭面子，竟產生許多怪現象。比方說，有些人平日對父母不聞不問，當父母作了古人，卻廣發訃文，在報端刊登巨幅廣告，孝子、孝孫羅列一大堆，最後還不忘加上「族繁不及備載」，出殯的當天，樂隊、車隊、甚至跳脫衣舞的電子琴花車綿延數里，用大排場敬告諸親友，用以聊表孝思。

日前，台北某大報的言論版，就曾出現訃文中所謂「孝男」與「不孝男」之辯。除此之外，銀髮族的智慧，千金難買，可是，有些人寧願到廟裡燒香拜佛，祈求升官發財，在家裡卻對父母不敬不孝。當然，這不是說木雕的神像不能拜，而是，自己的父母就是活菩薩，不知孝，去敬神，那是本末倒置！

在自然界中，水在攝氏一百度會沸騰，那是物理學上的真理；一加一等於二，那是數學上不變的程式；同樣的，每個人都會老去，那是天道輪迴，千古不易的常規。每個人都有父母，為人子女，「祭而豐，不如養之薄」，在父母有生之年，若能善盡一番孝心，所謂「在生奉養一粒豆，卡贏死後拜豬頭！」不是嗎？

一九九三年八月九日

人性的光輝

慈濟功德會證嚴法師，獲內政部推荐角逐「諾貝爾和平獎」，消息傳開之後，立即成了焦點新聞，國人為有希望擁有個「德蕾莎」而感奮不已！

證嚴法師以一介女尼，二十幾年前在台灣偏遠落後的花蓮創辦「慈濟功德會」，致力社會慈善、醫療、教育、文化四大志業。這些年來，一粒細微如毫芒的愛心種籽，歷經酷暑與寒冬，累積風雨歲月，如今成長茁壯，繁衍成高聳巍峨的森林，不僅會員人數已達三百多萬人，愛心慈光除了普照台灣寶島，更點亮大陸華東洪澇區，為災民修建房屋，提供食物及禦寒衣物；此外，還遠赴外蒙、美國及衣索匹亞賑災，拯救無數貧苦、垂亡的人群，所開創的公益事蹟享譽國際，獲國內、外頒發多種大獎，可以說是炎黃子孫愛心的最佳代表作，此次獲提名「諾貝爾和平獎」，更是全中國人的企盼。

然而，當證嚴法師知道這個消息後，並不當作一回事，而且，一再表示，慈濟人不是為了想得獎才做事，對於「獎」的事，「不要聽，也不要說」，把持平常心，繼續從事慈濟四大志業活動。

的確，佛家慈悲為懷，講究善因循環，而證嚴法師領導的「慈濟功德會」，正是秉持佛陀的精神，憫恤眾生。去年美國洛城黑人暴動事件，很多韓國人和日本人被殺害，惟獨華人逃過一劫。據說，黑人暴民攔下黃種人，先問是那一國人，如果是中國人，便以友善的態度勸其趕快回家。因為，當地有個「慈濟功德會分會」，會員本諸佛心，經常就地募款，濟助黑人貧民，提供獎學金讓黑人子女就讀護理學校，因此，大家都知道「慈濟」關懷照顧黑人社會，不用說，中國人成了他們的好朋友，自然能逃過災難。

證嚴法師曾說過：「做好事是人的本分，行善之後真正的獲益是自己！」或許，洛城暴動事件，正是「種什麼因，得什麼果」的最佳印證！

當然，愛心的付出，那是一種無形的消費，本不足以論回報，但是，綜觀今日社會，權勢掛帥，名利當頭，芸芸眾生，為滿足私慾，偷搶詐騙，巧取豪奪，真正肯付出愛心的，委實並不多見，因此，善因循環論，旨在教化大眾，勸導功效重於象徵意義。

其實，人之異於禽獸，在於人有感情，能體識真理，否則，雞會啼、狗會叫，但牠們不能互助，為一粒米，一根骨頭而爭鬥。證嚴法師為佛陀、為眾生犧牲奉獻的精神，不管將來能不能贏得「諾貝爾獎」，最起碼，人性光輝的充分發揮，已經足以做為全人類的表率。

一九九三年八月二十四日

舉頭三尺有神明

又是農曆七月，民間信仰相傳為「鬼月」，陰曹地府的「好兄弟」放假一個月，重回陽間人世活動，因此，各行各業祭祀、普渡熱鬧滾滾，到處香煙繚繞，紙灰飛揚，瀰漫著濃郁慎終追遠、民德歸厚的氣氛。

提及中國人這個特有的祭祀文化，源遠流長，到底是從什麼時候開始，恐怕無從考稽了；但是，可以肯定地說，炎黃子孫，敬天法祖，崇拜鬼神的精神，自古已然，於今尤烈！

君不見，每年到了農曆七月初一，所有廟宇都點亮普渡燈，推出各項祭典活動，諸如放水燈、燒王船、搶孤、賽豬公等等，不分省籍、不論族群，大家熱烈參與；而且，各公司行號、民宅住家，也紛紛在門口設案祭拜，擺最好的酒食、燒大捆的冥紙、燃大串的鞭炮，除為博取「好兄弟」、「老大公」的歡心，更有輸人不輸陣，比賽面子的架勢。

相對的，七月生的孩子，被稱做「鬼子」、七月娶進門的媳婦，被嘲謔是「鬼新娘」、七月動工建造的房子，被認為是「鬼屋」，凡此種種，不一而足！反正，一大堆的忌諱，共同點是凡事不宜。因此，很多行業紛紛偃旗息鼓度小月，甚至，有人寧願忍著身體的病痛，也不肯在農曆七月進開刀房，使不少醫院生意一落千丈。

其實，讓我們冷靜地想想，「鬼月」真的這麼可怕嗎？答案恐怕是否定的，因為，人死而成鬼，這是每個人遲早必走的終極點，人與鬼的差別，在於軀體的存在與否。何況，人之初、性本善，鬼又何嘗不是呢？縱有冤死鬼，所謂的「冤有頭，債有主」，平日只要不做傷天害理的勾當，心地光明磊落，鬼魂也不是隨便附身的，畢竟，佛家談因果、講輪迴，勸人行善，正是這個道理。

中國人講究中庸之道，過與不及都不好，因此，鋪張大拜拜倒可不必，適度地祭拜，並不是一件壞事，最起碼，讓孤魂野鬼飽食一餐，那是恩澤廣被，民胞物與精神的充分發揮，符合儒家一貫的仁恕道統。除此之外，對規範人心、導引人性，也有潛移默化的功效。但是，拜與不拜的分界點，在於一片誠心，所謂「居心正直，見我不拜何妨？作事奸邪，盡汝燒香無益！」假若平日為惡多端，鬼門關一開，才臨時抱佛腳，祈求保佑，那麼，縱然備再多的酒食，燒再多的冥紙，恐怕也是枉然！因為，舉頭三尺有神明，平日的一言一行，早已赤裸裸地呈在文武判官前面，毫無遮掩。因此，種因緣、修福報，是靠平日涓滴匯集，一個人平時不做虧心事，半夜敲門心不驚，「鬼月」有什麼好怕的？

子不語「怪、力、亂、神！」然而，逢此被稱「鬼月」的農曆七月，各地祭祀、普渡熱鬧滾滾，也就顧不得「鬼話連篇」了，但願大家信而不迷，才不枉失敬神的真諦！

一九九三年八月十八日

切莫死愛面子

站在新聞的觀點，狗咬人，不是新聞；人咬狗，才是一件人人想知道的新聞！

話說彼岸，自從搞改革開放之後，民生主義豐衣足食的真相，讓十三億炎黃子孫大開眼界，頓時社會風氣丕變，人人向錢看，不僅農村青年成群湧向城市，甚至一船船遠渡重洋偷渡到台灣、到美國；無業的盲流到處流竄，尋找打工機會，成了社會主義當前最大的難題。當然，極少數搞投機倒把、搞人蛇交易者，只要沒有被抓，大概都成了「暴發戶」。

人，是一種可鄙的動物，常常「吃飽未記餓時代！」有了錢，就紈褲扮闊少，反正大爺有錢，只要我喜歡，有什麼不可以。不久前，廣東就有一個仇姓的「暴發戶」，號稱擁有百萬元人民幣，所以，大家都管叫他「仇百萬」；這個人有了錢，想想自己窮了大半輩子，如今年歲不小了，不知道那一天要回去見老祖宗，有錢不花白不花，因此，生活上華屋美食，極其講究，可以說足以死而無憾，惟一讓他最掛心的，就是死後的葬禮風不風光，到時候兩眼一閉、兩腳一踢，子孫不孝，喪禮草率了事，那時怎麼辦？

於是，他靈機一動，想要親眼看自己的喪禮隆不隆重，遂宣布他人還未死，喪禮提前進行，一切按習俗，只有那口棺木裡面是空的，他要看看子孫誰哭得最傷心，作為將來分配遺產的依據。說做就做，劍及履及，黃道吉日既定，「棺木」出殯當天，兒孫披麻帶孝，外加牽亡陣的職業孝子，場面哀惋悽愴，中西樂隊，輓聯飛揚，送葬隊伍綿延數里，「仇百萬」則來在隊伍中，仔細審視每個過程，其中，讓他最滿意的，不是兒孫哭得死去活來，竟是西樂一再演奏鄧麗君的「何日君在來」；除此之外，電子琴花車的清涼秀，也讓「仇百萬」看得入神。說真的，一切都為他而演，他不看，誰來看？

或許，這是一齣鬧劇，前無古人，恐怕也後無來者，荒唐透頂，可以說是標準的「人咬狗」新聞，怪不得會引起媒體的報導。然而，讓我們冷靜想想，一樣米飼百樣人，人生百態，這只是大時代、小人物一種「死愛面子」的寫照罷了！

平情而論，養生送死，乃人之常情，發乎情，止乎禮，任誰都無法逃避的責任，委實無需刻意去營造。畢竟，人生在世，只不過短短數十寒暑，一個人赤裸裸來到世界，也終將兩手空空離去，生前名，死後榮，總是虛空，若「生無益於世，死無聞於後」，生前再多的錢財，死後再隆重的喪禮，終將像一陣風吹過，很快為人們所淡忘。

俗話說：「人生不滿百，常懷千歲憂！」，大陸改革開放之後產生的「暴發戶」——仇百萬」，所憂慮的若能化作愛心及時行善，或投注在更有意義的地方，將是功德無量，相信比大場面的葬禮，更能萬古流芳！

一九九三年八月二十九日

中國功夫

小時候讀「三國演義」，曹操就是我最不喜歡的人物，理由只有一個：討厭他害死華陀，否則，「青囊書」不失傳，他的醫德、醫術得以延續後世，不知將拯救多少病痛的黎民。

根據傳說，華陀幼年家貧，母病缺錢醫治，眼睜睜地看著親娘撒手人寰，悲痛之餘發誓學通醫術，救助天下蒼生；於是，前往西山拜師學醫，經過六年夙夜辛勤，終於學成下山，背著藥袋「懸壺濟世」，或用藥、或用鍼、或用灸，患者病痛無不「妙手回春」。

有一天，一個路人捧著肚子，蹲在地上痛苦呻吟，華陀見狀，叫他喝下三升韭汁，不久，病人從口中吐出一條二、三尺的長蟲，肚子立即不痛；又有一次，有人眉間長了一個瘤，苦不堪言，華陀一看，表示瘤裡有飛物，大家不信而笑，華陀不慌不忙，用刀將瘤割開，果然飛出一隻黃雀。

此外，有人被狗咬傷腳掌，傷口隨即長出二塊肉，一痛一癢，華陀初診後，表示痛者內有針十支，癢者內有黑、白棋二枚，大家不相信，華陀分別以刀割開，果如其言。再者，有一個叫陳登的太守患重病，求救華陀，經把脈之後，不但不開處方，反而破口大罵，氣得太守吐一盆黑血，重病因而痊癒。因此，華陀神奇醫術名傳天下，人人稱他為「神醫」。

不久，魏王曹操頭痛，星夜差人延請華陀診脈，華陀診後：「大王病根在腦際，必須把頭割開，才能根除病因！」曹操生性多疑，以為華陀設計加害，下令將華陀關起來，準備問斬。華陀急忙將記載醫術的「青囊書」交予一獄卒，希望傳承濟世，其妻卻認為縱然華陀習得神醫，仍死在牢中，留著醫書何用，就將它燒了，獄卒見狀搶回，可惜全卷已被燒剩二頁，僅留下閹雞、閹豬的小方法。

以上這則歷史故事，雖是稗官野史，卻和三國人物一樣廣為流傳民間，事隔一千多年，用今天科學的眼光來看，部份情節不無穿鑿附會，令人匪夷所思；然而，華陀的醫德醫術，仍為現今醫界崇拜的鼻祖，不容懷疑。

誠然，中國號稱五千年歷史文化，可惜許多智慧不能代代相傳，諸如引以為傲的三大發明——火藥、羅盤、造紙術，也都被洋人發揚光大，李小龍的中國功夫威震寰宇，如今也後繼無人，實仍國人民族性，習得一技之長，就神秘兮兮的，甚至，傳媳不傳女，時至今日，不管公民營機構，絕大多數為師者，都仍有留一手的心態，所謂「師父帶進門，修行在個人」，以致一些技藝中途凋零失傳，「青囊書」的故事，實在令人惋惜，或許，那就是一則最佳的寓言故事！

一九九三年九月三日

又是蟬聲淒切時

端午過後，炎陽無羈地傾瀉，大地生物無不懼其淫威，不是顯得有氣無力，即是紛紛逃避，只有蟬兒躲在樹叢林蔭裡，恣意地吟唱，盛夏酷暑，又是一年蟬聲淒切時！

金門到處是樹木，到處是蟬兒棲身的樂園，每天從晨曦初露到黃昏夕照，蟬兒不甘寂寞齊聲嘶鳴，音揚數里，此起彼落，交織成一組天然樂章，繁而不嘩、嘩而不噪；島上的子民，居家也好，行路也罷，人人時時浸沐在天籟組曲之中。

蟬的種類繁多，有大有小，形形色色，不一而足。然而，儘管體態大小迥異，形色有別，可是，卻擁有「寧鳴而死，不默而生」的共同點，終其一生，除了吱吱長鳴，還是吱長鳴，別無其它作為，不若蜂能採花釀蜜，也不如蝶能彩衣善舞。的確，幸好蟬能高聲鳴唱，否則，短短一季的生命，恐怕與草木同朽，別人還不知道哩！

談起蟬，就令人不由自主地想起童年往事。在那烽火漫天的年代，我們的童年沒有玩具，只有陀螺和彈弓，以及枝頭的蟬兒；因為，鄉下的孩子，打著赤腳，渾身是泥巴，只要誰能向父母要到一塊錢，就能買一張捕蠅的粘紙，一大群孩子，人手一支長竹竿，跑進苦苓林裡，用沾著粘液的竹竿捕蟬，也不管日正當中，酷暑凌人，孩子的天地，有粘就有蟬，也有無盡地歡樂！

甚至，上學途中，也不忘捕二隻蟬藏在書包裡。有時，蟬兒不甘蟄伏放聲長鳴，被老師叫上講台打手心，那情那景，至今歷歷在目，手心餘痛猶存，只是，時光荏苒，半甲子的光陰溜逝了，而今，我的孩子們，他們同樣一手拿粘紙，一手拿竹竿去捕蟬，面對孩子童稚的臉龐，怎不令人感嘆，蟬聲依舊，歲月不饒人？

有人說，蟬聲是一種歡唱，是一首讚頌詩篇，蟬能珍惜生命的每一分、每一秒，及時行樂，盡情歡愉地歌唱；也有人說，蟬聲如泣如訴，是首哀怨悽愴的悲歌，感嘆生命苦短，韶華易逝。

其實，蟬的鳴聲是喜？是悲？並不重要，重要的世界上最大的奢侈浪費，莫過於虛度年華，因為，春花謝了，還有再開的時候；燕子飛了，明年還會再來，只有人的青春一去不復返，任憑科技昌明，依然沒有人能挽住飛逝的時光。際此鳳凰花開，蟬聲淒切聲中，且讓我們珍惜生命，及時努力。

一九九三年七月八日

風水輪流轉

龜、兔越野賽跑的寓言故事，大家耳熟能詳，小白兔一時大意輕敵，在路旁睡了一覺，讓慢慢爬行的烏龜後來居上，首先衝過終點線，淪為千古笑談！

然而，如果那次比賽不算，烏龜與小白兔重新站在起跑點上，會有什麼樣的結果呢？答案恐怕還是一個未知數。畢竟，兔子未必是天生贏家，烏龜也非東方不敗，因為，若是賽跑途中下大雨，低窪處聚水成溪流，小白兔只能望水興嘆；再者，若是要跑的這段路，是陡峭下斜坡，烏龜可以縮起頭、腳，一骨碌地滾下去，還是有率先奪標的希望。

人生的道路，有時就像龜、兔賽跑。因為，上天造化似乎欠公平，有人天生聰穎俊俏，享有不盡的好處，若自命不凡，便像小白兔一樣錯失許多良機。相反地，有人與生俱來平庸魯鈍，卻能孜孜勤儉，秉持「三分天注定，七分靠打拚」，勇敢地向命運挑戰，所謂「天公疼憨人」，肯努力的人，常常能獲得意想不到的成果。

一般而言，人類文明之後，普遍以經濟掛帥，不管唸那一個科系，幹那一個行業，最終的目的都為了賺錢，因而衡量一個人的成就，往往取決於賺錢的多寡，有錢可以走遍天下，無錢寸步難行。近年來，環境丕變，房價在財團炒作下漫天飆漲，市井小民終其一生辛勞，想買個殼安身立命，比登天還難，於是，能擁有一間房子遮風避雨，成為許多人一生追求的夢想。

在鄉下老家，我有一個鄰居，很早就到市街做生意，那個時候，砲彈不長眼睛到處亂飛，誰被碰到只有徒呼倒霉，因此，生命沒保障，房子也跟著不值錢，一間店面幾萬塊，就可以買到。曾經，有人苦口婆心，希望把一間店面廉價賣他，可惜，他無動於衷，反而搬回鄉下老家，花雙倍的錢整修雙落古厝，幾年之後，老舊的雙落古厝，再度風雨飄搖，而市街房價，已翻了幾個筋斗，來去之間，得與失找不到一個平衡點，而時在憾中。

前年，他舉家遷台，飽嘗無住屋者的酸楚，幸好，時來運轉，好運來時想擋都擋不住，他參與北市國宅登記抽籤，粥少僧多，機會十分渺茫，第一次抽籤，只有十一個名額，竟能名列其中，北市信義區高價位住宅，每坪約在三十萬元之譜，四十幾坪的房子逾千萬，卻只以國宅價購得，不是比中愛國獎券第一特獎還幸運嗎？

日前匆匆台北行，專程探訪老鄰居的新宅，老友異鄉重逢，徹夜茗茶言歡，不知不覺東方天際已白，推窗遠眺，山巒含翠，晨風拂面，彷如大夢初醒，臨窗俯視路上熙攘人車，頓悟人生如浪，有起有落，得勿喜，失勿悲，所謂「十年河東，十年河西」，這個世界上沒有天生贏家，風水會輪流轉，大家都有時來運轉的一天！

一九九三年十月三日

與書結緣

週日晌午，來了兩位不速女客，不施粉脂，一付家庭主婦的樸實妝扮，卻流露著不凡的氣質，讓人一眼看出是台灣來的，臉上譜著和藹親切的笑容，異口同聲指名道姓專程來拜訪我，給人一種受寵若驚的感覺！

來者是客，豈能拒人於千里之外？何況，客從遠方來，中國人一表三千里，四海之內皆兄弟，不速之客登門造訪，若不是曾在那兒照過面的朋友，也該是親人的親人吧！

邀請入室，甫坐定，來客竟熟知大犬兒名根，小犬兒叫本，而且，對二犬兒學齡、年級都知之甚詳，更令人訝異的是，連個人的本職工作也瞭若指掌，關切之情，比起久別重逢的親人，實在有過之而無不及。

幾番短暫寒暄之後，來客終於說明來意，又是一陣甜言蜜語，說什麼她倆原定午後班機返台，可是，當金城的朋友推崇我十分重視孩子教育，個人也是「愛書人」，特別借機車趕來介紹一套好書，看她倆手足舞蹈，真誠流露之情，差一點要感動落淚！

原來不是什麼親朋好友，竟是推銷員。老實說，對一般登門入室的推銷員，我一向不具好感，尤其是所謂的「健康食品」，好端端的一個人，總要被他三寸不爛之舌，說成渾身是病，然後必須向他買「直銷品」，說什麼吃了有病可以治病，無病可以強身，再不然，當他的「下線」也可以，共同經營，分享利潤。

其實，我很忙，總覺時間不夠用，哪有閒工夫去做「小老鼠」，當人頭幫別人賺錢？也正因忙於工作，居家附近又沒有圖書館，孩子經常沈浸在小叮噹、史奴比的影帶裡，不能時常陪他們買書、看書，而時感愧疚。因此，賣書的推銷員上門，正合心意，還有什麼好遲疑的呢？

個人常常暗忖著，名下無恆產，只有一幢棲身避雨的房子，將來實在沒有什麼能給孩子的，在這高房價、高消費的年代，年輕人想白手成家立業，難如登天；而養兒育女，是為人父母無所逃避的職責，其實，給孩子魚吃，不如給他一支釣竿，知識就是財產，專技可以隨身，而書本就是知識的泉源。

的確，這是一個以包裝為導向的時代，商品行銷講究格調與品味，連一套兒童讀物，也要靠推銷術才能進入家庭。當我照單全收完成購書手續，試著希望推銷員透露是那一位朋友介紹來的，但見她倆笑而不答，其實，讓好書與朋友分享，推廣書香社會，這是功德一樁，我的孩子能與書結緣，感激都來不及，要不是她倆急赴機場報到，或許，我也會考慮幫她們介紹下一位客戶哩！

一九九三年十月二十九日

君子成人之美

最近，居家社區進行鄉村整建，美化生活環境，有幸被推為整建委員會委員之一，協助工程規劃，參與配合款收集，說得更具體一點的，那是一件義務性、吃力又不討好的工作，人人避之惟恐不及的苦差事。

當然，我也知道，眾人之事，人多口雜，「有功無償，打破要賠」，尤其，整建範圍內的公地上，原本就是鄰居圈籬養雞、餵鴨的場所，如今要闢建為兒童樂園，好處還看不見，既得的利益馬上要消失，因此，政府投下巨資為提昇大眾生活品質的美意，贊成的掌聲還沒有響起，少數反對的聲浪一波接一波，從藉酒裝瘋大鬧協調會場，拒繳家戶分攤的配合款，以及阻撓違建拆除，影響施工進行，招術無奇不有，目的只有一個：希望不要鄉村整建，公地可以再任由私用，飼雞生蛋自己吃，雞屎臭味大家聞！

其實，「人不為己，天誅地滅！」自古以來，利字當頭，私心作祟，就是人類最原始的本性，實在不足以大驚小怪，很多人捨得到廟裡為菩薩添金牌、祈福祿，對社會公益修橋鋪路，卻是一毛不拔！甚至，「面小怨人大腳倉」，喜歡幸災樂禍，沒有成人之美的胸襟。這一次參與鄉村整建地方配合款籌募，親身體驗，感觸良多，令我想起一個窮書生的故事。

從前，有一個窮書生，身邊沒有什麼銀兩，卻擁有很多藏書，書房外青山碧水，綠竹搖曳生姿，因此，他在門上題了一首詩：「門前千根竹，家藏萬卷書」，硃紅色的墨跡，蒼勁有力，耀眼奪目，看在竹林主人的眼裡，非常不是滋味，辛苦種植的竹子，竟被窮書生用來炫耀書香門第，於是，暗地裡將大片竹林攔腰砍斷，他信心滿滿，自認窮書生「門前千根竹」幾個字應該要擦掉了。

豈料，窮書生不動聲色，又用硃筆加上兩個字，成為：門前千根竹「短」，家藏萬卷書「長」。竹林的主人愈看愈氣，索性將竹林連根剷除，讓窮書生的書房前一片光禿，看他要不要把門上的詩擦掉，豈料，窮書生飽讀詩書，靈機一動，又再加上二個字，成為：門前千根竹「短無」，家藏萬卷書「長有」！竹林的主人看後，黔驢技窮，再也沒有什麼把戲可玩了。

誠然，人是群體動物，需要互助合作，幫助別人等於幫助自己，「心善子孫茂，根固枝葉榮」，鄉村整建係百年大計，若像種竹的主人只計私利，罔顧公眾利益，不能成人之美，誠非明智之舉！

一九九三年十一月三日

說話的藝術

我很喜歡聽演講，舉凡學術性的專題講座，不管是現場聆聽，或電視與收音機廣播，也都不願錯過；因為，個人一直覺得，一場幾十分鐘的演講，可能是演說者畢生智慧的結晶，聽者用很短的時間，就能輕易擷取精髓。何況，聆聽一場演說，欣賞精彩的表達技巧，不僅是知識的獲得，更是一種藝術的欣賞享受！

人各一張口，天生就有吃飯、講話的本能，而巧妙卻有所不同，所謂「食多傷身，話多傷人」，一個人飯吃得多寡，只有自己心知肚明，滿腹的經論，如何表達出來，拿捏分寸就是一種藝術了。小學課程開有說話課，讓未來的主人翁相互切磋心口合一的技巧，陶鑄能說、敢說的工夫，用意深遠。

其實，人類是一種群體動物，人與人之間，主要靠說話傳遞信息，每一個人不管生活居家，或是出門工作，都離不開說話，而同樣是一句話，說法有不同，好話是一句，壞話也是一句，所謂「好話一句三春暖，惡言一句六月寒」，同樣是一句話，表達的方式不同，會帶給別人冷暖迥異的感受。

記得十幾年前，我們一夥從台灣實習回來，大批機器同船運抵金門，可惜土木工程延宕，久久不能裝機開工，技術人員「無用武之地」，心裡都很著急，社長安慰大家：「你們學成回來，沒有工作讓大家做，我心裡很難過！」聽在大夥身耳朵裡，更加激勵士氣，增進有朝一日大顯身手的信心。

不久，社長突然奉命榮陞，新來的社長，每天看大家閒著沒事，總是乾咳兩聲：「嘿嘿！你們太閒了吧！」同樣是一句話，猶如一盆冷水澆在大夥的心頭。這是一件陳年小事，然而，感同身受，久久不能忘懷，如今為人兄、為人父，每當看到弟妹或孩子有缺失，將心比心，腦際裡便不由自主地想起這個小故事，更深刻地體認到，同樣是一句話，鼓勵與苛責，所產生的效果，差別有很大一段距離。

日前，台省發生一起滅門血案，警方循線緝獲凶嫌，不為情，也不為財，只為一句「無路用」的譏笑話，朋友反目成仇，懷恨在心而萌生殺機，釀成大禍，「蚊子遭扇打，只為嘴傷人！」當然，凶嫌泯滅人性，使用暴力，實在是人神共憤，法所難容，可是，當初苦主若能化譏諷為鼓勵，怎會招致全家殺身大禍？可見「口是禍之門，舌是斬身刀」，平時說話，豈能逞口舌之快？

的確，說話人人會，只是，說出來的話要讓人愛聽、想聽，就需要靠平時多下工夫了。

一九九三年十一月十八日

養兒方知父母恩

自從投身「夜貓族」行列，每次深夜下班回家，我急於想做的第一件事，不是先到廚房找食物充實轆轆飢腸，而是趕快上樓看看睡夢中的孩子，天氣涼了，他們是否踢開棉被。

我有二個孩子，大的唸小學，小的上幼稚園，自從他倆來到人間之後，著實為家庭帶來無限生機與樂趣，但是，照顧他們生活，以及收拾玩過的玩具，就夠讓人手忙腳亂，就連他們睡覺，也令人不敢掉以輕心，尤其是老大，天生就有踢棉被的習慣，明明寒風怒吼，冷氣逼人，可是，小傢伙就是喜歡跑到棉被外呼呼大睡，幫他蓋上棉被，不出三、五分鐘的光景，又是一腳踢開，防不勝防，既不能打他，也不能罵他，實在傷透腦筋，索性買小睡袋綑著，沒多久的工夫，小身子依舊偷鑽出來，總歸一句話，真是拿他沒辦法！

說真的，這年頭，社會經濟高度發展，整個大環境可用豐衣足食來形容，養兒育女，大概沒有人為缺奶粉錢發愁，而我們家自是不例外，孩子出生後，衣食無缺，甚至，孩子喜歡吃零食，喝飲料，叫他們吃一碗米飯，有時還要連哄帶騙，使用技巧，或在飯桌上準備一支「竹甲魚」，軟硬兼施，煞費一番苦心，說得更具體一點，今天養兒育女，物質開支有限，精神付出無窮！

有人說：「手抱孩兒，才會想到父母時！」的確，這句話意義深遠，最起碼，每當我面對孩子，總不由自主地想起童年往事，在那烽火漫天的窮苦年代，我的父母，他們沒有固定的收入，靠幾塊蕃薯地，不僅養活七個孩子，還讓他們分別完成高中以上學業，甚至還有自費醫學系畢業，特別需要說明的是，我的爸爸媽媽，他們沒有唸過書，終日犁田、挑糞，念茲在茲，只曉得用血汗換取農作收成，養兒育女，從來就不曾領過「生育補助費」及「子女教育補助費」，更別說什麼保險了，孩子生病打針、吃藥，都悉由自己付費。

我只有二個孩子，其中一個會踢棉被，為了怕他著涼時時關注，精神上的付出就搞得人仰馬翻；父母親有七個孩子，在那麼艱困的環境下個個撫育成人，他們付出有多少？

所謂「當家才知柴米貴，養兒方知父母恩」，每次深夜為孩子蓋上棉被，都能加深體認父母養育之恩！

一九九三年十二月十五日

韶華不為少年留

時序更迭，又是寒冬歲末時節，屬於八十二年的日曆，僅剩薄薄的三張；三天之後，一本嶄新的日曆三百六十五張，又將正式高掛啟用，伴隨著日出日落，一天撕去一頁！

在這年殘歲新之際，面對即將撕完的日曆，總給人一種時間過得真快的感覺，轉眼之間，一年又過去了，心頭難免興起「人行猶可復，歲月那可追」之嘆！

說真的，古往今來，沒有人能在與時間賽跑中贏得勝利，多少英雄豪傑，就算「恨不掛長繩於青天，繫此西飛向白日」，仍在時光的洪爐之中化為灰飛煙滅，猶如黃鶴一去不復返，只留下白雲空悠悠；的確，聖賢尚且如此，一般凡夫俗子，就更甭提了，只能寄蜉蝣於天地之間了。

其實，上天造化頗為公平，祂給每個人一天廿四小時，絕對是等量齊觀，至於一天裡的分分秒秒，端看個人如何去善加利用了，「志士惜日短，窮人知夜長」，心境因人有異，造化由人不同，因此，有人認為人到中年萬事休，相反的，有人卻「老驥伏櫪，志在千里；烈士暮年，壯心不已！」真是不能一概而論。總歸一句話，人間事朝朝變，莫等閒，白了少年頭！

當然，我不是多愁善感的騷人墨客，絕非見景生情，故作附庸風雅，而是一本日曆撕完了，又將增長一歲。以前，讀李白「高堂明鏡悲白髮，朝如青絲暮成雪」，似乎沒有什麼特別的感受，而今，孩子背誦唐詩已朗朗上口，自己聽起來，實在別有一番滋味。

誠然，「人生七十古來稀！」天災人禍，一個人能平平安安活到七十歲的委實不多，一年一本日曆，就算長壽活到七十歲，也才只有七十本日曆，若七十本日曆一起擺在眼前撕，撕完就得「上路」，這樣撕起來不會害怕嗎？何況，很多人命中註定沒有七十本日曆可以撕，也很多人目前已撕去逾半的日曆，薄薄的一張日曆紙，撕起來怎不叫人驚心動魄，日子又怎能不多加珍惜？

又是寒冬歲末，舊的一年將去，新的一年將來，更換日曆之際，讓我們記取「韶華不為少年留」，珍惜每一張被撕去的日曆！

一九九三年十二月十八日

難忘的體罰

這一陣子，校園暴力事件頻傳，其中，又以金湖「父子聯手動粗，老師被毆成傷」最是駭人聽聞，已成為坊間人們茶餘飯後閒談的焦點話題；的確，在素以民風淳樸的金門，發生類似事件，似乎並不多見，怪不得會引起社會大眾的矚目！

平情而論，這個事件的發生，誠屬社會的不幸，就算只是一小個案，我們也不得等閒視之，畢竟，師生之間暴力相向，不管誰是？誰非？均已在在顯示當前教育出了問題，師道之不存，能不令人憂心？

根據新聞報導，綜觀整個事件之發生，肇因於老師體罰刻意破壞壁報的學生，引起家長不滿興師問罪，而演出流血事件。當然，事件的來龍去脈，孰是孰非，警方已對涉案人展開調查，我們不便置喙，相信司法會給大眾一個明確的交代。

其實，撇開「動粗事件」不談，老師體罰學生，古往今來，就是一個見仁見智，備受爭議的問題，尤其，今天講的是愛的教育和人性管理，體罰更是絕對的禁止。然而，為人師者，莫不冀望學生出類拔萃，而天下父母心，皆視子女為心肝寶貝，可是，生得了兒身，抓不住兒心！孩子功課不好，怪罪老師；孩子品性不良，怪罪老師，殊不知愛的教育，對很多冥頑不靈的孩子，產生不了作用，老師和家長若不能取得共識，因材施教，溺愛適足以放牛吃草，吃虧的恐怕是自己了！

我也曾當過十幾年學生，在那個年代，老師上課鮮少不揮舞藤條的，少考一分鞭一下手心，那算便宜行事，學生犯錯，甚至可以叫上升旗台罰跪，或用墨汁畫黑嘴巴示眾，種種處罰方式，不一而足，上課打瞌睡或講話，老師在講台上用粉筆、用黑板擦猛力砸下去，也是見怪不怪，至今仍記憶猶新。

小時候，我很頑皮，曾沈迷玩橡皮圈，起初用彈射比準頭，玩久之後膩了，改用轉銅板賭輸贏，於是愈賭愈大，後來有人帶來紙牌玩起三公，既緊張又刺激，輸贏之間不拖泥帶水，因此，我的功課一落千丈，有一回在防空洞裡賭，被訓導主任逮個正著，放學時被叫上升旗台，訓導主任一拳敲在我的腦袋瓜上，醒來時是躺在保健室裡。

歲月悠悠，三十個寒暑在不知不覺中溜逝了，如今，很多小學老師的印象已經很模糊，只有訓導主任的影像依舊縈繞腦際；這些年來，我不曾再摸過賭具，每當看到有人因賭闖禍，便不由自主地想起敲我腦袋瓜的訓導主任，因為，要不是他那一拳，也許，我早已淪為賭鬼，偷搶詐騙，或身繫囹圄，今天那有美滿的家庭？

一九九四年一月九日

不熄的明燈

二十幾年前，地區各鄉鎮剛成立國中的時候，師資奇缺，很多教師從台灣徵聘而來；那個時候，對岸的砲彈不長眼睛，落在誰的身上，就算誰倒霉，生命一點保障也沒有，因此，敢來戰地執教者，都擁有一份超乎常人的勇氣，可以說早把生死置之度外。

唸國二時，有一位來自新竹的級任導師，他是自動請纓上前線，修長的身材，架著黑框眼鏡，一付溫文儒雅的模樣，不管從那一個角度看去，總給人一種飽學之士的感覺，教導我們，經常掛在嘴邊的一句話是：「嚴以律己，寬以待人！」

坦白說，在那懵懂無知的年少歲月，導師的諄諄教誨，似乎領略不出箇中真諦，甚至，偶而對老師一再地重覆闡釋，還感到不勝其煩。直到踏出校園之後，面對社會各種紛爭，才漸漸體會出老師用心良苦，所訓勉的話饒富真理，意義深遠，實在可以放諸四海皆準。

的確，雖說人之初，性本善，可是，物競天澤，適者生存，這是宇宙進化千古不易的常規，人類為求延續生命，要與獸爭，更要與人爭。當然啦，人是萬物之靈，懂得運用智慧，累積經驗，憑藉著高度科技文明，可以完全主宰所有生靈，因此，人與獸之間，委實沒有什麼好爭的，最可怕的是人與人之爭，為了爭名逐利，征戰撻伐，兵戎相向，你死我活，無所不用其極，歸根究底一句話，人類除了貪得無厭，容易原諒自己，怪罪別人，亦是一大通病！

君不見，生活周遭，多少爭端皆因不知「反求諸己」而起，大家若能相互容忍退讓一步，社會將多麼祥和！

其實，是與非，完全繫於一念之間，好比說，雞蛋有沒有生命，眾說紛紜，吃素的人，能不能吃雞蛋，更是見仁見智。曾經，一位嗜吃雞蛋的和尚作了一首詩：「既無皮骨也無毛，混沌乾坤一口包，老僧帶汝西天去，免得凡塵挨一刀。」出家人貪圖口腹之慾，尚且能搬出堂皇的理由來搪塞，凡夫俗子又豈能免呢？

時光荏苒，歲月如梭，當年來金執教的老師，早已功成身退，我的導師也移民加拿大，但是，這些年來，每當面對各種紛爭，便又不由自主地想起他，尤其是他那在講台上說解「嚴以律己，寬以待人」特有的神情，又立刻浮現在眼前，因為，他的諄諄教誨，時時奉為圭臬履行實踐，在人生旅途上，當作一盞永不熄滅的明燈，指引著前行的方向！

一九九四年一月十九日

平安即是福

大概是在客隨主便的情況下，我吃了一塊類似豆沙餡餅的甜食，半夜腹痛如絞，嘔吐不已！

平常，我自認是條漢子，貧窮的童年熔鑄成一股「打落牙齒和血吞」寧折不屈的性子，任風吹日曬、霜打雨淋，鮮少傷風感冒；幫忙田間農事或打工賺學費，常跌得皮破血流，也僅止於路邊抓把青草咀嚼敷上療傷止痛，好像從沒有發炎潰爛的情事發生。

甚至，通學時學生專車前輪爆破翻落水溝，很多人受傷，我仍毫髮未損；十多年前，在鄉下住家與在報社宿舍，炮宣彈多次落在身旁，近在咫尺，幸運之神總長相左右，似乎都只是一場虛驚，就連在詭譎多變的人生旅程，每遇艱難險阻，都能發揮潛藏意志，逢凶化吉。或許，小時候我的頭特別大，大家都叫我「大頭」，所謂「頭大有福！」我常據此對自己的人生充滿信心和樂觀！

因此，對於吃壞肚子作嘔，自個兒認為沒有什麼大不了的事，反正吐完就沒事了，多歇息一下罷了，好友舟衫夫婦專程從金城趕來探望，要送我去醫院掛急診，還被我婉拒，豈料，嘔吐從未歇止，不管吃下或喝下什麼，很快尋原路出來，腦袋開始暈眩，整個人像躺在舯舨上晃動，天旋地轉，幸好，在台讀醫科五年級的弟弟返回宿舍，打開電話答錄機，立即回撥電話：趕快送醫院急診，要不然，電解質失衡會引起休克、腎衰竭，甚至敗血症，命危在旦夕！

夜半三更，我也不知道在什麼情況下，被抬進花崗石醫院急診室的，只覺四肢冰冷僵硬，躺在擔架床上呼吸急促，醫護人員有的在幫我打點滴、有的在我的臉上套著一個塑膠袋，要我作深呼吸，一陣子之後，藥物產生作用，身體才逐漸感到有知覺。

漫漫長夜，躺在急診室裡，面對一滴滴藥水流進身體，才恍然徹悟「病從口入」的真諦；還好，「大頭」真的有福，能藥到病除，能自己站起來走出急診室，因為，緊隨我之後求診的年輕人，就沒有那麼幸運，群醫費盡九牛二虎之力，最後仍宣佈藥石罔效，令人喟嘆生命是那麼地脆弱，生死只在一線之間。

連著幾天無法去上班，長官、同仁及親友的關懷，頭一次病倒躺在床上，備嚐人間有愛的溫馨。除此之外，適逢選舉，連日來候選人拜票、謝票征逐的揚聲器吵得不得安寧，生命經過一番掙扎，病中歲月，對功名利祿，又有深一層的體認：人活著，平安即是福！

一九九四年二月四日

友情真可貴

上週飲食不慎「病從口入」，從醫院回來後，身體仍然虛弱無法上班，其間輪到「浯江夜話」交稿，雖然主任一再要我多歇息，卻因躺在病榻上感觸良多，拗不過我的堅持，主任終於答應不讓我缺席，因此，在有感而發的情況下寫了「平安即是福」如數交稿！

豈料，拙文見報之後，引起長輩親友廣泛關懷，或親臨探視，或電話垂詢，頗為應接不暇，這是下筆前始料未及。然而，生命經過一番掙扎，病中歲月，對於一絲一毫的溫情，都備覺彌足珍貴，更別說關愛的大手，自是更容易令人刻骨銘心，永誌弗忘！誰說「不才明主棄，多病故人疏？」小病一場後，身經冬寒，方知春暖，豐富溫馨的友情感同身受，使我改變過去庸俗的觀念。

誠然，人之異於禽獸，在於人有感情，而維繫人與人之間關係綿延不輟的，正是所謂的感情，也就是佛家所說的緣字；人海茫茫，有緣才能千里來相會，無緣面坐不相逢，人與人能相處在一起，不管是父子、夫婦和長官部屬關係，據說都是種因緣，修福報換來的正果，也就是所謂的「十年修得同船渡，百年修得共枕眠」。

其實，這是一個群體社會，處處講究人際關係的時代，能夠「海內存知己」，辦起事來得心應手，自然能「天涯若比鄰」，而良好人際關係的建立，大概要先學杜甫「人生交契無老少，論交何必先同調」，平常多下功夫廣結善緣了！

當然，人之相交，貴在知心，大可不必像「鍾子期死，伯牙終生不復鼓琴」，只要心存誠正，想要別人怎麼待你，自己先要怎麼待人，記住幫助別人，等於幫助自己，截斷別人的路，等於斷了自己的路，處處設身處地為別人想，當能化阻力為助力，切莫「腳踏馬屎傍官氣」，仗勢凌人，硬趕淡水魚入鹹水網，因為，「朋友千個少，冤家一個多！」

金門地方實在太小了，很多人入門相見，出門也相見，說得更具體一點的，大家宛如一家人。這次身體微恙臥病在床，承蒙各方關愛，感動和慚愧之餘，備覺人間友情芬芳可貴！

一九九四年二月四日

一日無事賽神仙

歡樂時光，似乎過得特別快，新春假期還沒有讓人瞧個仔細，一晃眼的工夫，元宵節也在猜燈謎聲中，消失得無影無蹤，「老去又逢新歲月」，最是令人無奈與感傷！

當然，歲月消失，馬齒徒增，那是天道運行，包括王侯將相、凡夫俗子都無法逃脫的自然現象，何況，自個兒一直認為不是多愁善感的性情中人，實在沒有理由為年歲增長大喜大悲，而是，乙未年生肖屬羊，過了這個農曆年，按照民曆算法，一步跨過而立，堂堂邁進不惑之年，生命的旅途，又是一番嶄新的開端！

所謂「吃一歲，學一歲！」年歲的增長，那是經驗的累積；不惑之年，正是一個人心智的成熟點，超過這個分界點，表示可以自行分辨是非與善惡了。

的確，生命的過程，是許多階段的成長。回顧既往，孩提時，白髮皤皤的外公，年輕時孤篷萬里征，曾遠赴南洋經商，備嚐人間冷暖，常掛的嘴邊的一句話是：「一日無事賽神仙！」而家母便常以此訓勉我們，凡事多忍讓，大事化小事，小事化無事，與人無爭無怨，自然無憂無慮，日子當會快樂賽神仙。可是，人不輕狂枉少年，在那血氣方剛的年代，怎麼懂得箇中奧秘，課本裡明明教導人要活得有尊嚴，應該學習文天祥寧死不屈的浩然正氣，效法史可法「士可殺不可辱」的精神。

因此，步入社會之後，總覺得「權勢固然可畏，義理不可不爭」，在長官面前，不但不懂得乖順聽話、曲意承歡，反而抱持年紀輕輕的幹嘛「為五斗米折腰」，常常依理力爭，結果，常被視為頭痛人物，小則在考評上下工夫，大則整肅撻伐，自然不在話下。

歲月更迭，時過境遷，回首前塵往事，實在不無可笑之處，但從不後悔，因為，「天下本無事，庸人自擾之」，這個世界上，真理只有一個，方法卻有千百種，只有最笨的人，才會與人過不去，自尋煩惱！儘管，外公已作古十幾年，如今，年已不惑，才深刻地體認「一日無事賽神仙」的真諦，人活著，只有追求平安快樂、無憂無慮的日子，才是最高的生活境界！

一九九四年二月二十七日

下一步

認真算起來，我是一個不折不扣的棒球迷，小時候常半夜起床，看電視實況轉播中華小將揚威威廉波特；以前，也曾跑到台北市立棒球場，跟人家擠破頭排隊購買全國青棒冠軍爭霸戰的門票。近年來，不論工作或開車，也喜歡扭開中廣新聞網，陶醉在職棒轉播聲中。

當然，我還喜歡許多其它的運動項目，但是，對棒球卻特別「情有獨鍾」，理由很簡單，棒球比賽是一種整體戰、智慧戰，決勝點在於每個下一步，諸如投、捕之間的暗號傳遞，教練東摸、西摸的打擊指示；換句話說，裁判未宣布比賽結束前，每一個投球，或每一次揮棒，都可能使戰局改觀，棒球比賽精彩、緊張刺激好看的地方，就在於「往往是二出局之後才開始」，只要把握住每一個契機，步步為營，小心應戰，都能絕地逢生，立於不敗之地。

其實，做任何事情都和棒球比賽一樣，每一個下一步都很重要，一場縝密運籌帷幄的軍事行動，可能決勝於千里之外，反之，博棋對奕，一著棋子下錯，可能全盤輸！

過去，勸人珍惜光陰的「一日之計在於晨」，大家耳熟能詳，奉為千古不易的至理名言，可是，隨著環境變遷，處在這競爭激烈的年代，「一日之計在於晨」已經落伍了，因為，一天的工作，若等到出發之前再臨時抱佛腳，一切都太遲了，不是被別人搶得先機，就是錯誤百出，出了差錯，有時甚且要花加倍的時間和物力，才能收拾殘局。

目前，國內一位有名的企業家，空手闖天下，從基層打下基業，他成功的秘訣，就是奉行「一日之計在於昨夜」，不但自己躬身力行，還要求部屬，今天的工作，昨晚就要作出完善的計畫、和充分的準備，今天一上班，立即展開行動，因此，業務推展無往不利，偶而遇到不可測的困難險阻，馬上推出下一步計畫應變，也都能事事迎刃而解。

不久前，冬季奧運備受矚目的女子花式蹓冰比賽，美國選手哈汀臨場因鞋帶出問題無法出賽，急得淚洒冰場，縱然裁判再給他一次機會，還是痛失獎牌，讓人納悶不解的是，這麼重要的比賽，賽前為什麼不多準備一雙鞋呢？

「人無遠慮，必有近憂！」走過眼前的這一步，還有下一步，過了今天，還有明天，生活之中若能處處為下一步設想，定能步步踏實，走向成功之路。

一九九四年三月十日

吃虧就是佔便宜

記得唸國中時，校長就是曾當選增額國代的謝炳南先生，印象之中，他好像特別喜歡精神講話，每天朝會時，當國旗升上旗杆之後，不待司儀喊過「禮畢、稍息」，即習慣性地自動向後轉，面對全校師生滔滔不絕講個沒完，幾乎每天都講的一句話是「吃虧就是佔便宜」，當時，大家無不聽得索然乏味，抱怨不已！

的確，當時幼小的心靈，每次聽他講那句話，總覺得莫名其妙，吃虧就是吃虧，吃虧怎會等於佔便宜，搞不清那是數學方程式，或是化學反應？

踏出校門之後，在萬丈紅塵中打滾，經過廿餘載風雨歲月的折磨，看盡人生百態，才慢慢領略出世界上很多事，沒有絕對性，一加一有時就不等於二，尤其，在人群之中，若處處什麼都吃，只有虧不吃，結果可能適得其反。

其實，這個道理很簡單，可惜「三歲小孩都知道，八十老翁做不到」；因為，那是人性的弱點，所謂的「人不為己，天誅地滅！」可是，這是一個群體社會，人與人之間，需要互助合作，幫助別人，等於幫助自己，實因大家都是母親懷胎十月所生，沒有人命中註定一輩子處處佔便宜；同樣的，也沒有人註定該處處吃虧。換句話說，該佔便宜的時候，就應當仁不讓，而該當傻瓜時，千萬不要斤斤計較硬拗強作聰明，否則，那樣會聰明反被聰明誤！

去年九月，同仁長樂榮調，留下「言論廣場」要我暫時兼編，當時，內心早知那是一件苦差事，很多人牢騷滿腹，講得頭頭是道，真正肯動筆訴諸文字者不多，何況，投書屬公益事業，報社不支稿酬，寫了也等於白寫，誰願當傻瓜？可是，當我接到命令，並沒有立即嘟起嘴巴吊五斤豬肉，私下認為那是長官器重，當作自我挑戰又何妨呢？

如今，轉眼七個月過去了，儘管，內人經常嘮叨我每天電話打個不停，可是，「天公有時嘛會疼戇人」，因而讓我結識許多不為名、不計利，只為公理正義的「傻瓜」朋友。然而，每次接獲他們的來稿，卻不能給他們一絲一毫的稿酬，內心深感歉疚和不安，幸好，他們不只一次告訴我，雖沒有稿酬，可是，為了寫稿，平日會多讀書，多看報，養成對事關心、對物觀察，生活充實無比，尤其，文稿見報，所言獲重視的快樂滿足，不是區區稿費所能相提並論！

每次聽他們這麼說，心裡便寬慰多了，同時，又一次印證「吃虧就是佔便宜」的道理，也再次令我想起苦口婆心、喜歡精神講話的國中校長！

一九九四年四月五日

當寒流來襲時

每當強烈寒流來襲時，氣溫驟降，為防著涼傷風感冒，出門前我都會加穿一件羊毛衣——那件母親早已封針三十年，又一針一線幫我編織的羊毛背心。

提起羊毛衣，孩提時母親編織毛衣的情景，又一一浮現在眼前。那個時候，雙親為扶養一大群孩子，「夫有千斤擔，妻挑五百斤」，母親白天除了要幫忙農事，也要下海採蚵，夜裡，還要幫孩子修補衣褲，有時累得直打瞌睡，可是，為給孩子打毛衣保暖渡嚴冬，常常強忍著滿身疲憊，一針又一針地編織下去。

說來慚愧，那時金門烽火連天，房舍田園毀於砲彈，家裡窮得連鞋子也買不起，唸到小學六年級，依然經常打赤腳到學校上課，黃卡其的學生褲，更不時偷偷在屁股上長出二個破洞；換句話說，戰亂的日子，窮得幾乎衣不蔽體，可是，我偏不喜歡穿母親編織的羊毛衣，理由很簡單，因為，母親編織毛衣的毛線，統統來自拆除破舊毛衣，每每從糾纏不清的毛線堆裡理出個頭緒，再小心翼翼地將一根根斷線連接起來，於是，一件費盡心思編造完成的羊毛衣，五顏六色自然不在話下。也因此，我們弟兄常常不敢穿在外層，怕遭同學捉弄取笑，而穿在裡層，則羊毛彷如萬針芒刺在背，真是難耐無比！

其實，別說我們不喜歡穿羊毛衣，當一大群孩子逐漸長大，嗷嗷眾口，人人需要吃飯填飽肚子，更要繳交學雜費，食指浩繁，逼得雙親得更賣力耕種作物，以便養豬賣錢，為了準備豬食，母親往往通宵達旦，再也沒餘暇編織惱人的羊毛衣了。

歲月匆匆，轉眼間三十個寒暑過去了，三十年來，母親不曾再碰過針線，而今，孩子都長大了，相繼在外成家立業，養兒育女的責任已完成泰半，在含飴弄孩之餘，最近，母親又重拾織針，買新的毛線，為散居台、金兩地的孩子編織毛衣。

儘管，母親的手藝，仍然停滯在三十年前，所編織的毛衣，略嫌有點土氣，和當前機器、電腦編織出來新穎的款式，實在不能相比擬，然而，每當寒流來襲時，「慈母手中線，遊子身上衣」，我一點也不怕別人嘲笑「土裡土氣」，因為，只要穿上母親一針一線編織的羊毛衣，渾身備感溫暖，更重要的，母愛千金難買，身沐慈暉，我感到幸福無比！

一九九五年一月二十九日

富貴不能淫

每次看完大樣走出編輯室，四野一片漆黑與寂靜，子夜的大地早已進入夢鄉，只有新訊樓裡的同仁們，依舊分秒必爭地趕出報，希望黎明來臨之前，能將最新的消息送到讀者的手中。

以前，金門實施軍管，外人不能隨便入境，而且，夜間實施宵禁，深夜下班開車奔馳在回家的路上，真是「路寬車輛絕，萬徑人煙滅」，心頭總有一種「千山我獨行，不必相送」的豪邁！

而今，金門對外大門敞開，觀光客蜂擁而至，大家爭先恐後前來叩訪戰地神秘的面紗，島上已經成了不夜城，不僅到處霓虹閃爍，車輛往來更是通宵達旦，因此，下班夜路不寂寞；然而，常常要面對飆車的青少年，以及喝酒的駕駛人，無不心驚膽跳，步步驚魂！

說真的，夜班工作，生理時鐘顛倒，對健康有害無益，而幹報紙出版當「夜貓子」，實在情非得已，我不明白，為什麼每天晚上，仍有那麼多人該睡而不睡，他們在忙什麼？

一個當導遊的朋友告訴我，台灣受日本統治五十年，大男人主義根深蒂固，雖然來到聖島觀光，晚上也常常要求帶他們去找「粉味」消遣，於是，應顧客之需要，色情行業神不知、鬼不覺地在金門生根發展，燈紅酒綠，自然不在話下。

當然，「食、色，性也，人之大慾存焉！」三千多年前，孔老夫子即把它看成和吃飯一樣的平常，更別說市井凡夫俗子，又豈能免俗？也難怪「上界神仙下界無，賤人需用貴手扶，閨房夜夜迎新客，斗轉星移換丈夫！」自古以來，色情行業就綿延興盛不衰，那怕是民風純樸的金門聖島，一對外開放即能馬上落地生根。據說，價碼還頗不便宜，連許多本地的生意人也趨之若鶩，甘於充當「火山孝子」。

說實在話，個人係按月受薪的窮公務員，所得僅夠一家老小生活支出，從不敢存有「初鼓更消，推杯換盞歡樂多」的妄想，自然也沒有「雞鳴三唱，人離財散落場空」的經驗，說得更具體一點，那些渡海前來在歡場中打滾的青樓女子，宛若有毒的玫瑰，縱有芙蓉白面，也是帶肉骷髏，雖有美艷紅妝，亦如殺人利刃，就算有錢，又能輕易去碰嗎？

古典章回小說金瓶梅開宗明義就寫著：「二八佳人體似酥，腰間仗劍斬愚夫，雖然不見人頭落，暗裡卻教骨髓枯！」一個人若有金山、銀山，不能跳出七情六慾的關子，打破酒色財氣的圈子，一朝馬死黃金盡，親者亦同陌路人！

一九九五年八月二十九日

善惡到頭終有報

幾千年來，古老的中國人們崇天敬神，深信天有神、地有鬼，禽有生而獸有死，凡間的生命禍福，皆由陰曹地府十殿森羅裡的閻羅王所主宰，只有佛、仙、神聖不為所管，能躲過輪迴不生不滅，與日月山川同壽！

根據民間傳說：閻羅王面如刀鐵，三綹黑鬍鬚飄灑在胸前，令人見而生畏，尤其，左右兩旁分別站著文武判官，一位拿著「善惡簿」，另一位拿著「生死簿」，手下更有一群牛頭馬面，隨時奉勅旨出勤勾魂，面目猙獰得令人望之生畏、不寒而慄。

十殿森羅位於地層深處，陰雲垂地、黑霧迷空。首殿門外正貼一副對聯，上聯是：陽世奸雄，傷天害理皆由你；下聯是：陰曹地府，古往今來放過誰？橫匾則是：你可來了！第二層森殿也不例外，門前仍然貼著對聯，上聯是：莫胡為，幻夢生花，算算眼前實不實，徒勞機巧；下聯是：休大膽，熱鐵洋銅，摸摸心頭怕不怕，仔細思量，橫匾則是：善惡分明，再往裡走，十殿森羅之後，即是大家耳熟能詳的十八層地獄，人在陽世欺心昧己，奸淫邪盜，死後即會被打入十八層地獄，在那裡上刀山、下油鍋，或千刀萬剮剝皮抽筋，折磨永世不得超生，或轉世為牛、為馬任人驅使！

當然，如果在陽世能敬天地、奉祖先、講道義、孝雙親，處處修橋造路廣積陰德，死後經過十殿森羅，會有慈眉善目的長者指引走過金橋、銀橋，超生轉世富貴人家。

或許，人死軀體隨草木同朽，靈魂有知無知，自古以來，從陽界走過奈何橋進入幽冥世界的人，從來就沒有人回頭，現身印證前述傳說的真偽；雖然，相傳唐太宗貞觀一十三年陽壽該終，進入森羅殿之後，巧遇昔日御前禮部侍郎崔珏在陰間任掌判官，偷偷用濃墨大筆在「天祿總簿」的一字上下各加一筆，閻王見太宗名下陽壽天祿三十三年，怎麼早二十年報到呢？因而宣判讓他還魂二十年，才有唐太宗遊地府的傳奇故事，穿插在西遊記裡流傳後世，但是，那畢竟僅止於稗官野史，傳奇故事罷了！

其實，「人生人死是前緣，短短長長各有年」，生命的長短是否早有定數，以及十殿閻羅是否存在，似乎並不重要，重要的是一息尚存，寧可相信生命有輪迴，因果會報應，為人處事還是多行善積德為妙，因為，「人生卻莫把心欺，神鬼昭彰放過誰？善惡到頭終有報，只是遲來與早到」，不信古人言，定會吃虧在眼前！

一九九五年六月二十六日

到廟口看戲

廟口在演戲，從對岸廈門來的高甲戲團，一連公演兩天，每天午后及晚間各一場；這是村子裡的大事，四十幾年來頭一次搭起戲棚，好戲連台，怪不得村民高興得笑呵呵地相邀相攜──到廟口看戲。

坦白說，我不是戲迷，看不懂傳統戲曲的精彩情節，然而，這一次廟裡王爺乩身坐禁期滿，村民設醮酬神，並邀請戲團助興，這是自我出生之後，村子裡毀於砲火的廟宇，能在匯聚善信力量重建落成，第一次王爺顯靈附身，也第一次演戲，村裡男男女女、老老少少，全心投入熱烈慶祝行列，身為村民一分子，有幸躬逢其盛，豈能置身事外？

當然，子不語：「怪、力、亂、神！」我無意為民間宗教信仰推波助瀾，然而，信仰可以產生力量，自古以來，金門就有「仙山」、「聖島」的美譽，無分大小村落，都建有廟宇，供奉忠孝節義先聖先賢，福佑子民，尤其，廟宇常是村民休閒聚會的場所，菩薩神靈更是村夫村婦精神寄託的支柱與行為規範，比諸法律功效，實有過之而無不及，這就是維繫金門民風純樸，本性善良的根源。

從前，金門孤懸海島，對外資訊閉塞，教育不普及，村民農耕餘暇，鮮少有娛樂活動，因此，每逢廟宇神靈壽誕，無不全村老少總動員，人人熱切參與，護送神輿繞境巡安，讓旗旗飄揚，鑼鼓喧天，以熱熱鬧鬧的氣氛，祈求風調雨順，合境平安。

除此之外，若能聘請戲班助興，娛神且娛人，那是大家夢寐以求的心願，其中，就以高甲戲忠孝節義的故事情節，最是膾炙人口，深植人心、導引人性，演到精彩處，觀眾如痴如醉、如瘋如狂，達到「奸臣未斬，棚腳人不散」的境界。

記得小時候，就常聽長輩細訴廈門高甲戲的種種，可惜，自三十八年風雲變色，神州沉淪，不僅島上很多廟宇毀於炮火，且來自對岸的高甲戲也銷聲匿跡，令戲迷懷念不已！

如今，村子裡毀於炮火的廟宇獲得重建，流離失所四十年的王爺、重回廟裡坐鎮福佑子民，隨著兩岸關係緩和，廈門高甲戲團再度重臨聖島，惟一不同的是，今天金門不僅物阜民豐，且隨著電子傳播媒體的無遠弗屆，電視頻道想看什麼戲，就有什麼戲，可是，當廈門高甲戲團在村子搭起戲棚，大家仍相邀相攜到廟口看戲，因為，那是實現夢想，別有一番意義！

一九九四年四月二十三日

錶舊情深

日前，隨身佩戴十幾年的腕錶突然停了，原以為又是電池耗弱，等到送進錶店更新，打開底盒之後，才發覺是電路板上的線圈鏽蝕，除非換一條新線圈，否則，整隻手錶就只有報廢丟進垃圾桶了。

按理說，一隻手錶用了十幾年，以成本效益的眼光來看，壞了那是理所當然，一點兒也不值得心疼；因為，今日社會到處物阜民豐，任何人的錶壞了、或丟了，想買個十隻八隻，都是輕而易舉、家常便飯，何況，科技高度文明之後，各種電子鐘錶不斷推陳出新，不但精確耐用，而且物美價廉，便宜得像時下許多傻瓜相機一樣，機件故障既找不到零件更換，也沒有人願修理，畢竟，在這高工資的時代，人工抵不過自動化生產，修理費往往比買新的還昂貴，怪不得一些修理業在時代的洪流中逐漸隱沒。

當然啦！我的手錶壞了，自知該是丟棄的時候，因為，若是要修理，恐怕「轎錢卡重聘金禮」，而且，那只是一隻普通得不能再普通的手錶，既無鍍金的外觀，也沒有鑲鑽的價值，假設丟棄在地上，也不見得有人伸手去撿，總歸一句話，我那隻故障的手錶，真的是一文不值。

然而，當錶店老闆告訴我，除非換新的線圈，否則，手錶只得報廢了，聽他這麼一說，我立即打消換新錶的念頭，誠懇地拜託老板幫我找找零件；因為，那隻手錶雖然不值錢，卻曾如影隨形伴我三千多個風雨晨昏，忠實分秒不差地指引著我走過成家、立業的艱苦路程，即使我常累得躺下歇息，它仍無分晝夜地不敢懈怠，別的不說，就憑這一點，我不忍、也不能喜新厭舊，當它有危難的時候棄之不顧！

老實說，這十多年間，我曾在摸彩等活動中，獲得多隻新錶，可是，個人一直覺得，佩戴手錶的目的，在於要求自己善用時間，以及在人生的旅途應守時，分秒必爭。因此，自覺已擁有一隻準確的手錶，就沒有理由汰舊換新，於是，新錶分別轉贈他人，自己仍留著老態龍鍾的舊錶，廝守著那一份割捨不斷的感情。

如今，十多年來未曾停過的腕錶，突然線圈鏽蝕，自從送進錶店之後，連日來生活起居悵然若失，彷彿一個至親好友，突然離我而去，一種落寞的感覺不斷在心頭滋長。幸好，錶店老板表示，要找到那只線圈不難，所以，這幾天，我一直在期待，期待順利找到那只線圈，因為，錶舊情深，我盼望它快快回到身邊，繼續伴我向人生旅程邁進！

一九九五年七月二十一日

戒之在貪

孩提時，父親無意間講述了一個自身經歷的故事，想不到事隔三十年後的今天，其情節依舊時刻縈繞腦際，旦夕不能或忘！

記得父親是這麼說的：日據時代，天災人禍、民不聊生，老百姓大都靠吃蕃薯過日子；而蕃薯吃多了，容易放屁。有一次，日軍徵調壯丁到安岐機場做工，正當午休用餐的時候，不知那個沒有公德心的仁兄，暗地裡放了一個臭屁，大家面面相覷掩鼻走避，沒有人願承認，日本工頭見狀面帶笑容走過來，宣布誰承認賞給白米五斤。

斯時，一個對岸來的內地工立即站了起來，連聲說：「是我放的，是我放的！」但見日本工頭臉色驟變，大聲斥責：「拿木栓來塞！」可憐的內地工嚇得面無血色，趕緊改口：「不是我放的，不是我放的！」引得滿室哄堂大笑！

其實，這則故事既不衛生，也一點都不好笑，實在難登大雅之堂。儘管，有人說「臭屁肚內風，不管大伯或叔公！」何況，人吃五穀雜糧，拉屎和放屁，乃人之常情。有時候，真的是「是可忍、孰不可忍」，特別是「響屁不臭，臭屁不響」，才會在大庭廣眾裡造成災害。

事實上，那個悶聲不響的臭屁，假設真的是內地工放的，若他勇於承認，委實也不是什麼罪大惡極，問題就出在於，屁可能不是他放的，而是見利眼開，不惜擠破頭去爭去搶，待利益消失後，又趕快逃之夭夭，避之唯恐不及，充分暴露人性貪婪、和爭功諉過的本性，才會淪為笑柄！

當然，我絕非無聊到收藏一個陳年的臭屁故事當珍寶，而是把它當作一則「戒之在貪」的寓言故事，時時引以為鑒，惕厲自勉！

平心而論，在那個知識貧乏，三餐不繼的年代，內地工的行徑，以今天的眼光來看，其心可鄙，但其情可憫，畢竟，衡諸當前社會，教育普及，家家豐衣足食，可是，為了爭名逐利，或逢迎拍馬、或頭殼削尖尖去鑽營，人人習以為常，大家見怪不怪！

有時，我常暗自慶幸，還好父親幼年失學，斗大的字認不了幾個，他不知道某個縣的縣長選舉，擁有二萬多個黨員的大黨，竟輸給只有三十幾名黨員的小黨，更常常把唾手可得的寶座拱手讓人，不但沒有人為此負責，還大言不慚把失敗的原因，歸咎於謠言中傷，否則，相形之下，那個無知想貪得五斤白米的內地工，又算得了什麼呢？相信老人家僅剩的幾顆牙齒，不被笑掉才怪！

一九九五年四月十四日

紅塵局外

每次上台北，行程之中轉車、換車，大抵都要經過火車站，也因此，難免要走天橋或地下道；儘管腳步匆匆，卻常忍不住要多看一眼在那兒賣口香糖的殘障同胞，以及席地而睡的流浪漢；因為，那情那景，幾十年來不曾在金門出現過，將來，恐怕也鮮有那樣的畫面。

老實說，台北火車站附近的天橋及地下道，人潮真如過江之鯽，各種膚色的俊男美女摩肩接踵，奇裝異服應有盡有，令人目不暇給，一個來自外島的旅人走在其中，只要眼睛閒著沒事，盡可遊目騁懷看盡人生百態，保證不犯法、且是一種最廉價的享受。可惜，我似乎天生就是個大笨蛋，滿街養眼的美女不去欣賞，偏偏讓斷肢殘腳和渾身污垢的同胞，像磁鐵般地吸引目光，震撼心靈。

或許，這就是所謂的鄉巴佬進城——少見多怪，平常在金門看不到的，想仔細的瞧瞧。其實，與其說是好奇心的驅使，倒不如說是惻隱之心的使然，因為，每一次踏入滾滾紅塵的大都會，才猛然發現生活大不易，而喪失謀生能力的殘障同胞，他們頂著大太陽，任風吹、任雨淋，不斷地向路人點頭售口香糖，賺取微薄的價差維生，那份自食其力的精神、不向命運低頭的勇氣，如何不令人打從心底佩服，無不趕緊掏出一個銅板買下一條口香糖，雖然，沒有放進口裡咀嚼，握在手中也備覺溫馨。

反觀一些四肢健全的流浪漢，蓬頭垢面、滿身污泥，一張報紙蓋在身上，就能在人來人往的地方呼呼大睡，儘管他們淡泊名利，與世無爭的心境令人欣慕，可是，「一枝草，一點露，天無絕人之路！」何況，「台灣錢淹腳目」，到處工廠找不到工人，大陸同胞及外勞冒著生命危險都想來打工，堂堂五尺男子漢，不能以國家興亡為己任，竟潦倒到露宿街頭，比諸賣口香糖的殘障同胞，他們的際遇實在可憐太多了。

有人說：「人生如棋局，不著者便是高手；一身似瓦甕，打破了才見真空！」從滾滾紅塵的台北回來已經好幾天了，偶而聽人談起人事調遷，宦海浮沈，腦海裡即又浮現台北天橋、以及地下道的殘障同胞與流浪漢，他們不求高官厚祿、不求華屋美食，切切實實屬於不憂不懼的紅塵局外人，只是，他們的生活境界，是否正是不著棋局的高手，恐怕只有他們自己心裡明白！

一九九五年十月十七日

酒言酒語

身為現代人，生活之中免不了有送往迎來、或喜慶宴會，不管有沒有酒量酒膽，舉杯互祝把酒言歡，已是不能或缺的社交禮儀；尤其，「堂堂五尺男子漢」若能練就千杯不醉的功夫，廣結天下豪傑，定能事事遂心，笑傲江湖！

談到酒，幾千年來和人類息息相關，舉凡：娶媳婦或嫁女兒要喝酒、生辰壽誕要喝酒、喬遷開市要喝酒、添丁進爵更要開懷暢飲、他鄉遇故知，絕對是「酒逢知己千杯少」，甚至，生離死別，也要「勸君更進一杯酒」，那怕是「惜酒澆愁愁更愁」，或「酒入愁腸，化作相思淚！」

其實，酒是穿腸毒藥，更能亂性，「酒不醉人、人自醉」，多少人喜好杯中物，「今朝有酒今朝醉，莫管眼前是與非」，幾杯黃湯下肚後，什麼傷天害理，殺人放火的事都幹得出來，不但害人害己，也斷送一生大好前程，因此，出家人將酒列為五戒之首，原因就在於此。

當然，飲酒也不全然是壞事，適量的飲酒，可以促進血液循環，有益身體健康，古往今來，多少文人雅士，莫不靠著幾分酒力文思泉湧，譜下千古不朽的章篇，「李白斗酒詩百篇，長安市上酒家眠，太子呼來不上船，自稱臣是酒中仙！」就是箇中翹楚，只可惜，詩仙李白也因嗜酒，落得醉中撈月死於非命。

的確，酒，若只有壞處，而沒有好處，又怎能在這個世界上存在幾千年？問題就出在於看你怎麼喝，是淺嚐或牛飲，以斟酒滿杯「表面張力」聞名的阿港伯——林洋港，就擁有一套喝酒哲學，他認為：「滴酒不沾是俗人、能飲不醉是雅人、每飲必醉是愚人、每醉必鬧是狂人、強人飲酒是霸人！」準此而言，喜歡飲酒的朋友，自己屬於那一種人，只有自己心裡明白。

坦白說，我承認自己既是俗人、也是雅人、更是愚人，但絕對不是狂人和霸人。因為，單獨一個人的時候，我是滴酒不沾，和朋友同桌共飲絕不貪酒，可以拿捏到能飲不醉，但是，偶而餐會上碰到金門獨特賣「雞頭、魚尾」的把戲，大杯拚酒，礙於「輸人不輸陣、輸陣歹看面」，也就捨命陪君子，偶而當一次愚人了。

我有一位老朋友，經常義務在喪葬儀式中擔任司儀，每次「三晉酒、三酹酒的時候」，眼睜睜地看著好酒洒在地上，被祭拜的死者實際上一滴也沒喝到，於是有感而發，「人生有酒須當醉，一滴何曾到九泉」，遂成了他的口頭禪，也難怪常常看他把酒臨風，榮辱皆忘，每天快樂得不得了，那樣的生活境界，大概要算是仙人了。

參加宴會歸來，喝了不少酒，才想到又輪「浯江夜語」交稿日，可惜我不是文人，酒力沒有助我文思泉湧，拉雜寫來，也顧不得「酒言酒語」了！

一九九五年十月二十二日

一顆老鼠屎

高三那一年，唸的是男、女合班，想升學的人，全力衝刺準備擠大學窄門，而升學無望的人，眼看著就要投入就業行列，十分珍惜學生時代無憂無慮的歡樂時光，於是，有人攜帶手提收錄音機，放學後把課桌椅搬開，成雙成對隨著音樂節拍婆娑起舞，夜幕低垂，教室依舊燈火通明，軍訓教官覺得有異上樓察看，隔天朝會面對全校師生痛斥這個荒唐行為，不僅令全班同學蒙羞，亦使級任導師顏面無光，本來，大家以為導師會因此大發雷霆，想不到當他再站上講台時，只比平常嚴肅地多講了一句話：「一顆老鼠屎，害了一鍋粥！」

兩年之後，弟弟也唸完高三，他嚮往追逐風、追逐太陽的飛行生涯，毅然投考空軍官校，當他完成「三軍八校聯合入伍訓練」之後，告訴我一些軍中趣事，諸如：入伍生連的廁所，不知那位仁兄來匆匆、去未沖，結果，連長集合全連同學，在沒有人願承認的情況下，決定實施機會教育，命令大家依序到洗手台前，每人用口含水，一個接一個去沖洗茅坑，直至廢物沖走為止。

天呀！茅坑裡的廢物其臭無比，風乾之後穩如泰山；雖然，全連一百多個同學，人人捏著鼻子，以最近的距離吐盡口中含著的水去沖，卻依然屹立不搖，不知經過多少回合，好不容易才把廢物溶解，逐一沖入化糞池。

以上兩則小故事，屈指算起來都快是二十年前的陳年往事了，可是，當年級任導師簡短訓勉的神情，依然深鏤腦際，而且，歷久彌新！因為，個人一直覺得含義深遠，時時引以為鑑，惕厲自己！

大家都知道，這是一個群體社會，人不能離群索居，一個家庭或團體，大家榮辱與共，休戚相關；一個人的言行，可能光宗耀祖，福佑子孫。同樣地，也可能使自己人頭落地，誅連九族，所謂的「好的相滴蔭，歹的相連累！」古今中外，實例不勝枚舉！

尤其，時代在變，環境跟著不同，在這民主憲政的年代，一切以民意為依歸，公務員執行公務，切記依法行政，小心謹慎，否則，造成民眾權益受損，後果難料，那時，個人遭受處分事小，團體平日涓滴匯集的信譽，也將毀於一旦，淪為害群之馬，罪孽是多麼的深重！「一顆老鼠屎，害了一鍋粥」，一個人的言行，豈能不慎？

一九九四年四月二十八日

用錢買不到的

「台灣錢淹腳目！」這句令國人傲世多年的話，隨著時空轉換，恐怕要成絕響了，因為，新台幣的威力，除了盈及國人的腳目，在「跨洲之旅」功德圓滿之後，更淹到中南美及非洲大陸，該是更上一層樓的時候了。

不錯，這年頭，有錢走遍天下，無錢寸步難行，昔時靠扁擔「扛苦力」打拼的作法，早已不合時宜，那是搶人家的飯碗，不被當成偷渡客、也要被看成是外勞，若是「靠孫中山打天下」，提供就業機會，給人飯碗，不要說是政要，就是大家耳熟能詳的「康柚」，不管走到那裡，也會備受歡迎。

的確，古往今來，金錢人人愛，連鬼也喜歡；有錢，不僅在陽界好辦事，陰間也可以使鬼推磨，只要荷包裡滿滿的，就能坐擁不盡的榮華富貴；若是家貧如洗，一文錢會逼死一條漢子，那是社會現實，不是人間無情。幸好，儘管如此，這個世界上，金錢並非絕對的萬能，有很多地方，還是有吃鱉的時候！

曾經，有人看不清「鐵打衙門流水官」，醉心權力追逐，一旦如願黃袍加身，麻雀飛上枝頭成鳳凰，只知逢迎拍馬，視昔日同僚如莽芥，甚至來個「量小非君子，無毒不丈夫」，排除異己，陷害忠良，雖然，他得到的是一時的顯赫，可是，失去的袍襗情誼，即使花費畢生的錢財，恐怕也買不回來了。

曾經，有人覬覦鄰人漂亮的「吉娃娃」，逮到一個機會偷抱走了，藏了幾個月之後，自己一廂情地認為大家應該都忘了，所以，公然牽出來散步，可是，一牆之隔，名犬竟以那樣的方式換了主人，每當「吉娃娃」再出現時，村人無不在背面指指點點，儘管，偷兒擁有名犬，但是，在村人的心目中，這輩子不管她再富有，恐怕也買不回「竊賊」的罵名！

曾經，有人做起事來不「透直」，心存刁難以凸顯自己的偉大，結果，日久見人心，很多人不是罵他，而是罵他的父親：「有伊款種，生伊款蛋，傳不斷！」可見，一個人的言行，「好的相滴蔭，歹的相連累」，因小會失大，千金也買不回來！

曾經，有人要錢不要命，賺到了滿囊金銀財寶，卻失去了健康。

曾經，有一人失足成千古恨，歲月不饒人，再回首已是百年身。

其實，諸如此類的實例，不勝枚舉，總歸一句話，人世間，只有經營不善的生意，沒有不賺錢的行業；錢，到處都有得賺，卻有很多東西，不是用錢能買到的，而那些東西，就是常常從自己手中給溜失的！

一九九四年五月二十三日

重讀慈禧外傳

再次讀完「慈禧外傳」，同樣的掩卷長嘆；光緒皇「戊戌維新」功敗垂成，慈禧太后聽信讒言，以烏合之眾的義和團「扶清滅洋」，招致八國聯軍洋槍洋砲直攻紫禁城，燒殺擄掠，要求割地賠款，以及光緒皇被囚禁瀛台泣血，落得被太監李蓮英下毒致死，書中那一幕幕令人義憤填膺的畫面，縈繞腦際，久久揮之不去！

其實，「國之將亡，必出妖孽！」滿清皇朝終至覆亡，那樣的結果一點也不令人感到詑異。畢竟，一棵大樹的傾頹，不是外在的風和雨，必定是有蟲在根基啃噬，使其腐爛，然後風雨來襲，才會應聲而倒。

而滿族自入主中原之後，開疆拓土，文治武力曾盛極一時，奠下二百六十二年的帝業，最後竟搞得四萬萬生靈塗炭，列強環伺瓜分，追根究底，原因出在慈禧太后專權跋扈、且剛愎自用，加諸太監李蓮英的作威作福，尤其是李蓮英，陰狠狡詐，善於權謀，又斂財有術，連光緒皇也被玩弄於肱股之間，迨清廷腐敗覆亡，竟還厚顏地以大亨的姿態活躍在北平街坊。

有人說，歷史是一面鏡子，照著過去，映出未來。我們讀歷史，就是要明善惡、辨忠奸，為自己選擇一條光明、正確的人生大道。更重要的，能效法先聖先賢的忠孝節義，薪火傳承，使他們的精神萬古長青，永留人間。同樣的，亦應洞悉亂臣賊子禍國殃民的罪行，父以教子，兄以教弟，人人引以為鑒。而晚清的宮廷秘史，詳盡刻劃慈禧太后和李蓮英的所作所為，曾多次被拍成電影，讓歷史人物活生生重現，目的無非在啟迪人生，導引人性。

然而，盱衡今日社會，到處阿諛成風，位居要津卻聽不進任何逆耳忠言，身旁總是跟隨一群只會卑躬屈膝，諂媚爭寵的人，搞得眾叛親離，民心怨聲載道，不僅鐵票流失，百年老店亦搖搖欲墜，明明是「十信風暴」的人渣，卻猶沾沾自喜調和鼎鼐有功受獎，看到這樣的新聞，直叫人搖頭三嘆！趕緊重讀「慈禧外傳」，再次體認庸臣誤國的真相，內心才獲得稍許寬慰！

一九九四年十二月十九日

人呆作保

春雨來了，淅淅瀝瀝。

本來，久旱逢甘霖，自古即和「他鄉遇故知、金榜題名時、洞房花燭夜」同列人生四大喜事，何況，金門鬧數十年來最嚴重的水荒，島上居民已到了無水可用的窘況，天降甘霖，那是大旱望雲霓，人心稱快！可惜，連著幾天陰雨，個人因而飽受責難，心情為之鬱卒不已！

話說三年前，社區裡實施鄉村整建，承蒙鄉老的抬愛，推選為整建委員之一，當時，自個兒心裡明白，那是一件「有功無償、打破要賠」的苦差事，尤其，主要的任務是向各家戶傳達政府為提升居民生活品質、美化社區環境的德意，以及說明整建施工項目。更重要的，是要籌募配合款項，換句話說，擔任鄉村整建委員，是一件得「講破嘴、跑斷腿」的苦差事！

記得展開工作之初，有位地方上頗具聲望的耆老即表示，出錢不是問題，怕就怕出了錢，搞得亂七八糟還得受氣，那才不值得！因此，衝著這句話，幾個整建委員私下決定，好歹都得爭取他的支持，於是，大伙兒專程趕去新市里他生意的大本營拜訪，拿著鎮公所核定的施工計畫書向他解說，保證整建完工後，定能消除髒亂，且村民將有休閒活動場所，費盡口舌之後，好不容易才讓他掏出五千元共襄盛舉。臨走前，他還頻頻交代：「年輕人，講話要算話喔！」

誰知，整建工程發包之後，即遭某一侵佔公地違建戶的蓄意抗阻，施工項目一再變更，且懸宕遲遲無法完工，部份住戶因此飽受水患之苦，去年還曾聯名向縣府寄發存證信函，請求儘速建排水溝，民政局曾多次要求鎮公所趕快解決，只是，鎮公所承辦部門作業牛步化。如今，春雨來了，那位贊助五千元配合款的住戶店前，污水橫流、泥漿四溢，每天開門作生意，不勝其苦，怪罪整建委員欺騙，自然不在話下，畢竟，錢拿了，事情沒有辦好，詐欺罪可要吃官司！另一位委員急得問我該如何善了？

是的！該如何善了。不知鎮公所還要拖多久，我真的很迷惘，觸目即是未完成整建的那灘泥濘地，除了搖頭嘆息，還能怎麼辦？自己能力所不能完成的事，當時還「人呆作保」，現在挨罵是罪有應得，還能怨得了誰？

一九九五年三月五日

禍福一念間

很多年前，當我踏出校門後不久，曾在南宋「小學」嘉言中讀到這麼一段文字：少年登科，一大不幸；襲父兄財勢，二大不幸；有高才能文章，三大不幸也！

坦白說，當時家貧如洗，求職無門，正處於彷徨無助的時候，讀到那樣的字句，倍感人間冷暖，直覺作者實在欺人太甚，簡直是滿紙荒唐言，真叫人一灑傷心淚！

因為，同樣從一個教室裡出來，有人獲「關愛的眼神」青睞，立即能謀得高官厚祿，從此平步青雲；也有人承襲父兄財勢縱橫商場，日進斗金，輕易娶得美嬌娘，惟獨自己畢業即失業，像飄萍般在茫茫人海中無所依恃。

幸好，一枝草，一點露！「山高自有客行路，水深還有渡船人」，天無絕人之路，我獲得一個上台北當學徒的機會，幫人家擦機器、倒垃圾，希望學得一技之長謀生；所謂「時來逢好友，運轉遇貴人」，指導的師父剛從日本學得最新的照相製版觀念和技術回來，他告訴我：「日本和台灣有許多大老闆，都由學徒出身，靠著自己學來的技術和經營理念，然後從一台機器起家，賺了錢再逐步擴充設備，建立起企業王國。」

師父的一番訓勉，讓我對人生旅途重燃信心，一步一步勇敢地走下去。雖然，一路跌跌撞撞，手中一直沒有權和錢，但是，生活中想要的東西，似乎不曾缺少，更重要的，擁有無盡親情和友情，處處享受愛和尊重，日子過得幸福美滿。反觀同儕之中，有人不懂得以德服人，仗著自己官大學問大，動輒以權折人，雖有高官厚祿，但卻連祖宗三代也要遭殃受罵；同樣的，有人承襲父兄財勢，卻不諳生意竅門，屢在商場中吃敗仗，欠下一屁股債過著「跑路」的日子，仔細想想，「禍兮福所倚，福兮禍所伏」，幸與不幸，繫於一念之間。

至於寫文章也被列為人生三大不幸之一，我們相信，那是君主威權時代的產物；文章一字或一句被解讀為有問題，小則人頭落地，重則滿門抄斬，甚至誅連九族，幸好時至今日，講民主、論人權，文字獄早該成絕響，因此，人生所謂的不幸，應只剩少年登科和襲父兄財勢兩項而已，您以為呢？

一九九五年四月四日

多替別人想

上星期天的午後，一位經商的朋友氣沖沖地到家裡，要我幫他一個忙，寫篇文章登在金門日報，讓所有鄉親都知道他心裡想說的話。

不錯！我唸的書不多，肚子裡的墨水實在有限，可是，卻一向不懂得「惜墨如金」，遇村夫村婦要我代寫書信，自覺慶幸能比他們多認得幾個字，也就來者不拒，此外，有人要我代為撰稿傾訴心聲，只要不是無理取鬧，我都義不容辭代為捉刀，然而，只有一項例外——那就是睜著眼睛說瞎話，出賣自己良知去充當打手的文章，我不寫！

因此，對於朋友的登門請託，不敢遽下定論，因為，從他臉上寫著的那付憤怒狀，一眼即讓人看出受盡屈辱，好歹也該先弄清楚到底是怎麼一回事，反正，來者是客，先泡壺茶讓他消消氣、潤潤喉再說。

朋友是個性情中人，講話從不拐彎抹角，話匣子一開，便滔滔不絕，他說：金湖地區面臨有史以來最嚴重的水荒，不僅太湖早已乾涸見底，陽明湖也幾乎被抽乾了，東半島已無可用水源，老天爺再不幫幫忙趕快下大雨，家家戶戶已到了無水可用的境地，可是，今天近午時分外出送貨，路上看到一個公務員在門外用自來水洗車，本來嘛，公務員星期天不用上班，保養車子實在無可厚非，但是，你有沒有想到，他是公務員，公務員應該作老百姓的模範，此時此地，要以身作則節約用水，共體時艱。最令人氣憤的是，當我送完貨回程，看他還在洗車，開著水龍頭任水直流，本想臭罵他一頓，後來想想，不對呀！他無端浪費水資源，自己承擔水費，並不犯法，如果自己莽撞責罵他，自己卻要吃官司，社會大眾沒有人會同情，因此，愈想愈氣，才特別跑來找你，務請幫幫忙寫篇文章，提醒社會大眾，節約用水，共渡難關！

聽完朋友的訴說，內心寬慰無比，畢竟，這年頭，「利益擺中間，道義放兩旁」，自私自利已是人類的通病；君不見，多少公務員死抱法條，而無視於情和理的存在，水荒季節還好面子洗車的公務員，就是典型的代表，而我的朋友，經商之餘還能善盡一己之力關心社會，單憑擁有那份心，就夠令人折服，我還有什麼理由拒絕他的請求呢？

一九九五年二月十八日

天下沒有白吃的午餐

孩子的玩伴慶祝生日，解開撲滿邀請左鄰右舍的小朋友，搭公車齊赴中山林郊遊拍照，歸程時又到街上吃牛排；孩子飽嚐歐風口味的牛排大餐回家，高興得手舞足蹈、又叫又跳，那模樣真像花果山下水簾洞外的小猴子。

說來慚愧，孩子已經十歲了，身為家長，平常除了供他們衣食無缺，鮮少帶他們上餐館，尤其投身「夜貓族」行列之後，作息時間日夜顛倒，與孩子的生活步調不一，甚至，連陪他們同桌吃飯的時間也不多，因此，自個兒不能帶他們開開眼界，玩伴能請他們「開洋葷」，內心除了深感愧疚，還能有什麼理由不感到高興？

然而，一絲一飯，來之不易，天底下絕沒有不勞而獲的道理，何況，「拿人的手短，吃人的嘴軟」，社會上到處存在財、色的陷阱，若不小心一失足，將造成千古恨，而孩子的心靈是一張白紙，須及早建立「吃人一口，還人一斗」及「吃人四兩骨，須還一斤肉」的觀念，時時心存感恩，處處懂得回饋，才能在人生旅途上受歡迎，而這些為人處事的基本道理，有時在課本裡，並不一定能學得到，端賴為人父母者，平日施以身教、言教，循循善誘。

基於上述原因，我把孩子叫到跟前，試著問他：「這次你分享別人的生日快樂，下次輪到你生日，該怎麼辦？」但見他經過一陣思索，突然瞪著一雙大眼：「我要把零用錢和考一百分的獎金存起來，生日的時候也請他們吃牛排！」

我常常想，這是一個群體互助的社會，人與人相處，就如同一部機器正常運轉，需要密切配合，小螺絲釘和主軸一樣，都由生鐵打造，各具功能，惟一的差別，在於際遇的好壞，所擺的位置不同罷了。而人也一樣，沒有誰是天生贏家，想要功成名就，除了靠自己不斷努力，更需要別人的幫助，以及平日多種因緣、修福報，把路留給別人走，自己的路才會更寬廣。

孩子享用一頓免費牛排大餐回來，本來，這等芝麻小事不足掛齒，但若由小看大，卻不難發覺今天的教育辦得很成功，學童們都懂得能捨才能得，能將平日的節餘，換成快樂分享給別人，最起碼，我十歲的孩子，也已經懂得「天下沒有白吃的午餐」！

一九九五年三月十五日

退一步想

我有一位開計程車的朋友，結婚前特從台灣買回一條「吉娃娃」，送給熱戀中的女友當作生日禮物，那是一種袖珍型的名犬，全身長滿金黃色的長毛，只露出一對圓溜溜的大眼睛，小巧玲瓏，善解人意，十分討人喜歡，朋友的女友更是愛不釋手，終日相依為伴。

有一天傍晚，朋友的女友一家人團聚享用晚餐，一個不留神，愛犬給溜出門外，一眨眼的工夫就不見了，於是，全家老少動員四出尋找，踏遍街頭巷尾，都不見「吉娃娃」那金黃的蹤影，可憐朋友的女友，為此徹夜垂淚到天明。隔天大清早，大家依舊不死心，又分頭尋找，可惜仍然杳無音訊，惋惜不已！

時光，彷彿是河裡淙淙的流水有去無回，同時，也沖淡記憶的影像；正當朋友的女友失去愛犬的傷痛漸漸褪去之際，有一天午後，一輛藍色軍用中型吉普車停在門外，引擎尚未熄火，倏地從車上跳下一條小狗，短短的毛，身上染成紅一塊、青一塊，直奔朋友的女友家裡，在她跟前不停地跳躍，像久別重逢的親人、像失群的羊兒，找到親娘般地歡愉。

當然，突然面對一條怪模怪樣的狗，且不斷地撲向自己的身上，不消說，朋友的女友被嚇得花容失色，待驚魂甫定，才猛然發現，那正是日夜魂牽夢縈，自己走失的愛犬，準備伸手去擁抱牠的當兒，說時遲，那時快！背後突然伸出一隻手，一把搶先把狗抓走了，留下無盡的錯愕與不解！

朋友聞訊準備依理向鄰人討回失犬，卻被他女友的奶奶阻止了，老人家認為：年輕人較莽撞，容易起衝突，因此，決定由她女友德高望重的父親，專程從烈嶼渡海而來，很誠懇地表明，狗是他們走失的，願補償幾個月代養的費用，豈料，一廂情願的想法給碰了一鼻子灰，因為，人家的看法是：狗是撿到的沒錯，可是，狗頭上並沒有寫誰丟的呀！

不錯，狗頭上沒有寫主人的名字，但是，購買時的血統書還在，這是法治社會，綜合人證和物證，加上狗還會認主人，若告官處理，養條來路不明的狗，不觸犯竊盜罪，恐怕也要吃侵佔官司。然而，我極力勸阻朋友，不要向警所和憲兵隊報案，希望退一步想，秉持佛陀悲天憫人的寬恕胸襟，得饒人處且饒人，否則，受害最深的，除了下手偷竊的女人，還有她收贓飼養數月的先生，特別仍是現職軍官，恐將去吃牢飯！幸好，朋友及其女友一家人，願「退一步想」息事寧人，雖然，他們失去一條愛犬，可是，恢宏的氣量，卻贏得鄰里一致的讚揚。

記得大陸華東大水災時，慈濟功德會前往賑災，被人指為資匪，證嚴法師卻表示：「愛朋友不稀奇，愛敵人才偉大！」看來，我的朋友也早已具備這樣的慧根，失去了心愛的「吉娃娃」，卻還有一顆慈愛的包容心，那樣的做法，若人人效法學習，社會將多麼祥和。

一九九四年四月十日

有志竟成

再看到「闊嘴仔」，是在花崗石醫院的民診處，那是自他在鳳山參加「三軍八校入伍訓練」一別十八年後的事了；「闊嘴仔」就是醫學博士張峰義先生，三總內科主治醫師和國防醫學院副教授，新近返回「金門花崗石醫院」作三個月短期支援服務。

以前，鄉下的孩子都有一個乳名，張峰義自是不例外，因為，他的嘴生來似乎就比別人寬闊一點；小時候，我們一起玩泥巴、一起上山耙草或撿地瓜，也一起通學到城裡唸高中，大家都習慣地喚著他的乳名。

十八年，在人生的旅途上，算是一段不短的日子，對於許多人來說，能在父兄的關愛下平步青雲，順利成家立業，可是，對張峰義來說，卻是在跌倒之後，勇敢地爬起來，憑著毅力和決心，走過艱辛的每一步。

小時候，他降生在貧窮的農村家庭，兄弟姊妹一大群，連小學義務教育的學雜費，也常要靠平日注意撿拾砲彈片賣錢，一點一滴累積起來，加諸其母體弱多病，困苦的日子，益發讓他更早懂事、奮勵向學。那個時候，沒有錢買參考書，每當學期結束後，他把握機會向學長借使用過的課本，預先作溫習。

正因他的母親經常生病沒錢看醫生，讓他早早立下習醫濟世的宏願，正巧金門縣政府辦理廿五名醫生養成計畫，每年從金門高中甄選兩名應屆生，公費保送到台灣就讀醫學系，學成之後返鄉服務十年，這真是千載難逢的大好機會，令他更加發憤苦讀，志在必得。

所以，在學校三年的成績，一直保持數一數二，豈料，成天在田裡打滾的孩子，體壯如牛，健步如飛，竟因體育成績被評為七十四分，只差一分進不了甄試門檻，令他欲哭無淚、求助無門。對於一個有心向學的孩子，輸在起跑點之前，情何以堪！

幸好，他沒有頹廢心志，還能勇敢地站起來，先在「大專聯考」上了台大育林系，又在「軍校聯招」上了國防醫學院醫學系，為求一償行醫夢，毅然選擇後者，和嚮往飛行的舍弟，一同結伴到鳳山接受「三軍八校入伍新生訓練」。正因「行醫夢」失而復得，倍感珍惜，所以，習醫七年功課一直名列前茅，不僅先後取得內科及感染症專科醫師資格，更榮獲醫學博士學位；值得一提的是，他習醫的目的，不是為了賺錢，並不急著退伍開業，所謂「學無止境」，今年八月份，他又將再赴美深造兩年，鑽研醫術更深領域。

古有明訓：「有志竟成語非假，鐵杵磨成繡花針！」十八年後，當我再看到「闊嘴仔」的時候，所看到的不是他頭上耀眼的「醫學博士」光環，而是從他的身上，印證「有志竟成」的真諦！

一九九四年六月十二日

講真話做實事

——從陳滄江漫畫展說起

每次看到有人舉辦畫展的訊息，在我來說就像輕風拂面、過眼雲煙，絲毫提不起前往觀賞的念頭；因為，自幼對畫作，常有「霧裡看花」的感覺，每每油生「缺乏藝術細胞」的喟嘆！

然而，對於時事漫畫，雖是簡單幾筆鉤勒，卻令我情有獨鍾，就像讀到雋永的字句或精采的章篇，愛不釋手，品讀再三！因此，當縣籍青年陳滄江將在「傅錫琪紀念館」舉辦個人漫畫展的消息傳開之後，我即告訴自己：無論再怎麼忙，也要抽空去看看。

其實，對陳滄江的漫畫並不陌生，自他返鄉之後，即義務提供報社漫畫稿，不僅使版面生色增輝，除在讀者群裡激起廣大迴響，成為茶餘飯後談論的焦點，甚至，每次稿件送到編輯桌，也常成為同仁爭相「先睹為快」的對象！

誠然，圖畫是人類共同的語言，比諸文字更具說服力；一幅匠心獨運的漫畫，除了傳達作者個人的喜怒哀樂，更能充分反映人生百態，發揮匡正人心、導引人性的功效。尤其，陳滄江的漫畫，用一顆關愛家鄉的心，筆筆鏤刻社會時弊，以及父老的心聲，自然引起廣大鄉親的共鳴與喜愛。然而，個人之所以深深喜愛他的漫畫，與其說是欣賞其獨具慧眼和繪畫功夫，倒不如說是折服他敢於大聲講出真心話的勇氣來得貼切。

平心而論，這是一個功利主義盛行的社會，到處阿諛成風，大家見怪不怪，為了升官、為了發財，無不使出「揣摩上意」的本領，寧願曲意承歡，也不敢說出真心話去得罪人，更別說有勇氣站出來公開批評時政了。君不見，在你我的生活周遭，就有許多不帶種的人，專門躲在暗處利用黑函造謠中傷，利用匿名電話謾罵恐嚇，比較高明一點點的，則是拿一只不會說話的「布袋戲」，躲在幕後操控，進行惡意攻訐及醜化的行徑。

日前，當我考完試之後，顧不得連日「臨時抱佛腳」的疲憊，也顧不得早已飢腸轆轆，連忙趕去「傅錫琪紀念館」，仔仔細細地品嚐每一幅「漫畫鉤繪人間世，訴說一些黑白的悲情」，當我讀完「陳滄江畫展紀念專輯」自序，才改變過去錯誤的觀念，原來，熱衷慈善工作的陳滄江，他那一番傲人的事業，竟然不是祖蔭庇佑，而是靠自己的雙手，在「迢遙人生路，曾經跌跌撞撞」換來的。怪不得比我早生一個多月，外表看起來竟蒼老許多，或許，那正是「講真話、做實事」，勇者的象徵！

一九九四年六月三十日

從讓座說起

從大姐家出來，我將取道中壢轉車上台北，新竹客運經過客家族群的市鎮，一路走走停停，每個站牌總是或多、或少擠上一些旅客，講著令我聽起來似懂非懂的方言。

中國人四海一家、五族共和，不同的族群，具有不同的生活方式和語言文化，當我「身在異鄉為異客」的時候，對於週遭陌生的人和物，自然備感興趣，而多加觀察和體會。

首先，讓我覺得奇怪的是，先後上車的旅客，莫非都是舊識，否則，怎會相互寒暄，親切地交談，儘管她們講什麼，其中部份實在聽不懂，但是，可以肯定地說，那是人與人之間一種禮貌和友善地表現。尤其，值得注意的是，他們長幼有序，只要有老弱婦孺上車，大家爭相讓座，且絲毫沒有虛偽造作的感覺。

說句實在話，生活在金門，我起碼已有十多年沒有搭乘公車了，因此，旅客之間是否還保有讓座的傳統美德，並無所悉，然而，每次上台北，偶而有機會坐坐市內公車，目睹台北市的公車族，肯主動將座位讓與老弱婦孺者，委實並不多見，甚至，很多年輕人在專設的「博愛座」上翹起二郎腿，面對車廂裡被晃得顛來倒去的阿公阿婆，竟視若無睹，而且，大家見怪不怪。

認真的說，中華民族號稱禮義之邦，五千年文明古國，堯舜禮賢的「禪讓精神」更是深植人心，按理教育程度愈高者，當能展現央央風範，可惜，衡諸當面社會型態，事實並不是那麼一回事。

君不見，生活在大都會的人們，所享受的教育資源，往往倍蓰於偏遠地區，但是，比諸於鄉下的村夫村婦，充其量僅是比較懂得頭殼削尖尖，運用權謀去爭逐權位和名利罷了，也因此，往往為達目的而不擇手段，若非採取排除異己，來個你死我活的鬥爭，使社會充滿暴戾之氣，就是極盡本能阿諛奉承，卑躬曲意承歡，使社會到處瀰漫「馬屁文化」。所以，人與人之間，存在著冷漠和虛偽。

從前，「結廬在人間，而無車馬喧」是人門追求的最高生活境界，而今，那已是遙不可及的夢想，當我看到客家族群相處是那麼的友善融洽，相互尊敬禮讓，他們的生活境界，或許，應該稱得上是當今的人間世外桃源！

一九九四年八月十七日

施比受有福

這個月初發餉的時候，縣警局長林世當又從薪水袋裡拿出二萬五千元，分贈地區五個急難貧戶，因為，林局長這樣的善行義舉，早已成為每月的「例行公事」，並非「大姑娘上花轎」頭一回，因此，消息失去新鮮感，新聞只能以填版面的方式處理。然而，那樣的新聞讀來，仍令人溫馨滿懷，感動不已！

當然，報紙上的捐款新聞觸目可及，不但名目繁多、且花樣百出，大家司空見慣，委實沒有值得大驚小怪的地方，何況，不少的捐款行為是經過刻意的安排，背後隱藏著另一種目的；再不然，就是獲取不義之財，為求心安花錢消災，或飽嚐暴利之後，貪得無厭，想來個名利雙收。總歸一句話，社會上存善積德樂於助人者很多，相反的，魚目混珠進行沽名釣譽的人為數不少。

然而，林局長只是按月受薪的公務員，肯於長期將泰半薪水濟助貧困民眾，尤其，認真算，他是道地的「外地人」，來金門應是奉命行事，不知道在那一個明天，一紙公文下來又要整裝他調。換句話說，他只是金門的「過客」，似乎沒有長期紮營的脈絡可尋。說得更具體一點，他按月用薪水濟助金門貧困民眾，那是他本諸一份愛心，加上局長夫人的一份雅量，除此之外，我們實在找不出還有什麼企圖，最起碼，那不是在為競選舖路。

其實，林局長的薪水袋沒有完封交給夫人，並非來金門才開始，根據側面了解，早在他幹基層警員的時候，薪俸就很少拿回家；所指的「很少拿回家」，並非拿去吃喝嫖賭，恣意地揮霍，而是化作一份愛心，關照管區的窮苦人家。

有人說：「一個成功的男人，背後都有一位偉大的女性！」若說林局長年紀輕輕的就官運亨通，那樣就叫成功，恐怕言之過早，因為，仕途多風險，有時會像海浪起起落落，沒有所謂的成功與失敗，只有種因緣、修福報，發揮慈濟普渡胸懷，讓愛心事業綿延不輟，才能找到永恆。而林局長夫人每天面對柴米油鹽醬醋茶，還有那份雅量，誰能說不是「幕後英雌」？

誠然，金錢乃身外之物，生不帶來，死不帶去，有人汲汲營營，聚財不散，淪為「守財奴」；而有人覺得錢夠用就好，多餘的寧願送給更需要的人，兩者差異，在於一念之間。我們樂於見到部份鄉親有福接受濟助，更樂於相信「施比受更有福」！

一九九四年八月十三日

能捨才能得

我有兩個商場的朋友，都是得天獨厚型的，拜開放觀光之賜，年紀輕輕地就時來運轉，「奇貨可居利權獨攬，財源廣進商戰稱雄」，真不知羨煞多少同業先進！

當然，成功的秘訣，往往沒有固定的方程式，所謂「八仙過海，各顯神通！」我的朋友，他們就是站在不同的起跑點上，運用不同的理念與方法，卻同樣闖出一片天地。然而，「創業維艱，守成不易」，尤其，時代在變，環境也跟著在變，商場如戰場，企業為求永續經營，墨守創業那一套，並不一定能在守成上發揮效用。目前，他倆正面臨著不同的際遇。

先說朋友甲，貧寒出身，幼年生活飽嚐艱辛，今天擁有的事業，標準的白手起家，因而深信「大富由天，小富由儉」，於是，公司業務，能夠自己動手的，絕不假手他人，萬不得已僱用員工，也都放心不下，上班更得親自坐鎮指揮，處處展露強人作風，常常忙得團團轉，一天工作十幾個小時，那是家常便飯。

按理說，「強將手下無弱兵」，可惜，老闆優越感太重了，員工沒人敢擅作主張，凡事層層請示，更令員工不滿的是，老闆給的薪水，不但比別人少，平日連不用花錢的口頭勉勵，都吝於施捨，怪不得員工跳槽頻繁，公司要花費更多的精神、財力訓練新手，不僅造成業務損失，更糟的是，很多離職員工，出了公司大門都數落老闆的不是，那是難以彌補的損害！

反觀朋友乙的經營理念，可就大大的不同了，因為，他深信「聞道有先後，術業有專攻」，因此，公司業務委由員工分層負責，自己只站在輔導和協助的角色，此外，員工無分大小，人人均享福利制度，總歸一句話，老闆處處以照顧員工為己任，讓大家全心發揮才智，既有受到尊重的感覺，工作更有成就感，人人向心，無怪乎公司業務蒸蒸日上，老闆不但有多餘的心力去拓展新的事業，更能體認「黃金未為貴，安樂值錢多」，逍遙得常出國旅遊和考察。

其實，這是一個講究人性管理的年代，員工入股、分紅，有錢大家賺的制度已蔚為風尚，從前那種「既要馬兒跑，又要馬兒不吃草」，把人當奴隸的觀念，早已不合時宜，想有一番作為的老闆，宜有「能捨才能得」的觀念為妙，不是嗎？

一九九四年十月二十五日

夜貓族的新煩惱

自從加入「夜貓族」之後，朋友常投以異樣的眼光：「上夜班！不會很辛苦嗎？」而每一次，我都報以微笑：「還好啦！」

其實，個人從小就愛看小說，喜歡擁被長讀，常常「三更有夢書當枕，不覺雞鳴已五更」，早就是標準的「夜貓子」，因此，今天從事夜班工作，說句不客氣話，那是習以為常，一點兒也不覺得辛苦。

說真的，從事夜間報紙出版工作，每個人都像參加接力賽跑一樣，每一棒都分秒必爭，全神貫注衝向目標，在跑道上沒有人叫苦，也沒有人喊累。然而，真正的辛苦，卻是在下班之後。比方說，每次下班，家人早已進入夢鄉，待自己動手填補轆轆飢腸，大抵都是午夜二、三點了，夜深人靜，任何雞鳴狗叫都顯得特別刺耳，常令人無法入睡；好不容易成眠，大概天就快亮了，家家孩子上學，人聲、車聲吵雜起來，若是附近有人構工、或是迎神賽會，則更令人睡意全消。

所謂的「五更早睏有著，卡好吃補藥！」站在醫療保健的觀點來說，長期夜間工作的人，生活作息日夜顛倒，熬夜與失眠，絕對不符健康要求。何況，飲食三餐無法與家人同步，人情世故也漸與社會脫節，那也是一種無形的損失！畢竟，諸多公家、民間活動都在白天舉行，夜班人員若全程參加，別人累了一天回家睡覺，我們又得準備幹活，那種「一日失眠，三日失神」的滋味，真不是一般人所能體會。

歷史寫得很清楚，清光緒登基大典，滿清皇朝推算迎立新君的良辰吉時在午夜時分，四歲的小載湉從甜夢中被喚醒，抱上鑾輿抬向紫禁城，卻一路哭鬧喊愛睏，儘管乳母竭力哄他，說要當皇帝的人不能隨便發脾氣，可是他仍一把鼻涕、一把淚嚷著：「如果當皇帝不能睡覺，他寧願當百姓！」當然，那時的光緒皇少不更事，說的卻是人性的真言，為全人類除了要做事，更需要睡眠作了最佳詮釋！

最近，屬於「夜貓族」的苦楚還不止於此，自從地區全面展開滅鼠，規定公教員工按月繳鼠尾，本來，「夜貓」專門捕鼠，可惜，每當天黑鼠輩出來活動的當兒，正是大家分秒必爭趕出報的時候，那裡有閒工夫去捉老鼠。

近日，每當上、下班打卡經過公布欄，看著自己的名字，一直張貼在十月份未繳交鼠尾的名單裡，頓覺「前日戲言身後事，今日都到眼前來」，前些日，我不該嘲謔有關部門，已結束軍管還硬性規定公教員工繳交鼠尾，寫那篇「杜絕鼠尾買賣」，因為，鐵門玻璃窗的寓所裡，好長一段時日不曾出現老鼠的「芳蹤」，我到那裡去找鼠尾交差，看來，若不花錢去買，只有眼巴巴等著接受申誡或記過處分了。

一九九四年十一月十四日

機會教育

孩子放學回來，還來不及放下書包，高興得又叫又跳，兄弟倆爭著訴說一齊持月票上公車，司機叔叔才剪一個洞，那副手舞足蹈的得意模樣，簡直就像花果山下水簾洞裡的小猴子。

所謂「當家才知柴米貴，養兒方曉父母恩」，身為孩子的家長，面對他們意外坐了一趟「免費」公車，為省下六塊錢的開銷而雀躍，內心真是憂喜參半。畢竟，孩子懂得節儉，那是一種美德，而且，懂得精打細算，單憑這一點，就足以令我放心，將來他們有能力在人群中立足；然而，孩子的心靈是張白紙，若不及早建立正確的觀念，澈底戒除投機取巧、和貪小利的心態，說不定食髓知味，日久天長，終致「細漢偷挽葫，大漢偷牽牛」，不但苦了自己，也將害了別人。

當然，我可以肯定地說，那絕不是孩子蓄意犯的錯，應屬司機無心之失，因此，對於喜孜孜的孩子，自然不必多加苛責，可是，「勿以善小而不為，勿以惡小而為之」，適時向孩子們闡釋坐車不給錢，是一種不誠實的表現，也是一種犯法的行為。

不可否認，放眼當前社會，到處物阜民豐，人人衣食無缺，可是，偷搶詐騙以及貪污舞弊的案件，卻層出不窮，監獄牢房人滿為患，而那些「吃免錢飯」的罪犯，沒有人從娘胎生下來，就注定是小偷盜賊，應是利慾薰心，常常在「吃碗內、看碗外」不知足的心態下，走上犯罪的不歸路。要不然，則是在貪小利的情況下誤入財、色陷阱，被人套上「緊箍咒」牽著鼻子走，因此，不得不鋌而走險，雖然，很多幹壞事的人，都認為只有天知、地知、和自己知，可惜，「公子登筵，不醉也飽；壯士臨陣，非死即傷！」很多事「雞蛋密密都有縫」，一旦東窗事發吃上官司，想要全身而退就難了。

我常常想，孩子生下來後，養育和教育同樣的重要，在這多元化的社會裡，行行出狀元，兒孫自有兒孫福，我不敢奢望他們將來能成大功、立大業，只期望他們能明禮義、知廉恥，遠離犯罪，而這些做人的道理，有時是在課堂上學不到的，惟有靠家庭多給予機會教育，不是嗎？

一九九四年十一月二十九日

那一跛一跛的背影

接到顏主任伯忠不幸辭世的消息，我楞住了；久久不敢相信電線那端傳來的聲音，一陣驚愕茫然之後，眼簾逐浮現畢生獻身報業，長年和病魔抗爭的勇者，那一跛一跛的背影。

記得我還是中學生的時候，金門還處於閉塞的社會，連「華視」都還沒有開播，課餘最大的樂享受，除了看金門日報，就是觀賞如火如荼的籃球賽。或許，這是環境的使然，那個時候，金門日報「正氣副刊」文友投稿風氣之盛，比諸風靡各鄉鎮的籃球賽，實有過之而無不及。尤其，很多副刊作者刻劃鄉土風情，讀起來身歷其境，倍感溫馨，日久成迷，其間，筆名「風衣」的散文，清新脫俗，最是膾炙人口；而金門日報籃球隊在社長謝海濤、繆綸親自領軍調教下，個個生龍活虎，二十幾個員工組成二隊到處征戰，獲獎無數，而球隊中架著黑框眼鏡、留著小平頭的控球靈魂人物的顏伯忠，更是島上球迷耳熟能詳的名字，只是，鮮少人知道，靜如處子，動如出柙猛虎，寫散文的「風衣」，正是籃球箇中好手顏伯忠哩！

有幸從醫院轉職報社，囿於工作性質有異，雖同在一個單位，日、夜班之別，平常難得見面，對於「風衣」的認識，也僅止於「敬文」敢言能言的「浯江夜語」，以及每次集會，為單位團結向心，為員工福祉的仗義執言。除此之外，還聽說他篤信天主，堅信神愛世人，平日不煙、不酒，永保清醒理智，喜歡讀書，熱愛運動，生活有律，夫妻鶼鰈情深，家庭和樂美滿，員工遇到難題，找他都能迎刃而解！

在報社歷經十六個寒暑，一直到近一年來進入編輯部，才有機會身沐教誨，更深一層體認他玻璃墊上「權勢固然可畏，義理不可不爭！」的生命準則，對工作敬業，對部屬愛護，儘管病痛加身，靠吃止痛劑過日子，卻依然時時叮嚀我們；善盡社會責任，是一輩子的事，不能有所怠忽，幹新聞編輯，應珍惜和尊重記者（作者）的文稿，那是他們的心血結晶，至於新聞的取捨，在於善盡社會教育責任，如此而已！

二年前，主任得知罹患舉世群醫束手無策的絕症，接獲死亡宣判，並沒有精神崩潰，反而堅強自己，和正常人一般作息，以更堅強的意志力，抑制病魔的擴散，戰勝七百多個日出日落。最近，病情加劇，自知到了末期，腳的組織已壞死麻痺，走起路來一跛一跛的，可是，上班時，依舊談笑風生，臉上掛滿著笑容，洋溢著快樂和滿足，令同仁感覺不出他身軀交織著病痛。

如今，主任蒙天主召喚，提早走完人生必經之路，可是，他那一跛一跛為金門報業勇敢走下去的精神，將永遠活在我們的心中。

一九九二年十月二十八日

讓我來想辦法

前些日，鄉籍俊彥，享譽國內的教育學博士陳龍安先生，應邀蒞抵報社以「創意走天涯」為題，作一小時的專題演講，闡釋人生生涯之中，應多利用大腦思考激發潛能，創造充實美滿的人生，博得滿堂掌聲，啟迪員工心靈。

的確，這是一個腦力開發的時代，勤用腦生智慧，常用腦成大業。然而，人的天資稟賦，與生俱來所差無幾，但卻有聰穎與駑鈍之分，其差異點在於腦力的開發，潛能的發揮，所謂的「知識就是力量，方法就是智慧」。人類之異於禽獸，能享受物質文明，正因人能累積經驗和智慧給下一代，且不斷發揚光大，使歷史一步步走向新頁。

其實，知識有限，想像力無窮。人類很多發明發現，常繫於一念之間，掌握稍縱即逝的靈感，諸如瓦特看見壺水滾沸，發明蒸氣機；牛頓見蘋果落地，因而發現地心引力，改變人類進化史。因此，腦力激盪，追求的不只是一個答案，真正的答案，可能是第二個、第三個，甚至第九十九個。

日前，有一則報導，台北一位成功的企業家，他成功的秘訣是「讓我來想辦法」這個口頭禪，不管碰到什麼事，他總是脫口而出——讓我來想辦法。於是，公司上下，蔚為風尚，大事、小事人人主動想辦法解決，不遲疑、不等待，鮮少往上推，結果，業務蒸蒸日上，一再締造佳績！

相反地，有一則寓言故事：從前，有一對父子騎驢進城，路人笑他們太不人道了，不怕把驢子壓壞了嗎？於是，當父親的趕緊躍下驢背，牽著驢走在前頭，走著走著，路人指指點點，指著驢背上的孩子怎那麼不懂孝道，年紀輕輕地就貪圖享受。因此，應觀眾之要求，父子位置交換，改由兒子牽驢，走在進城之路，可是，路人仍嘲笑不已，認為作父親的自私自利，不懂得疼惜愛子，將來如何期待反哺報恩？騎在驢背上的父親聽了，又立即從驢背跳下來，父子二人牽著驢進城，可是，路人依然竊竊訕笑，指著他們有驢不騎，真是呆子。由此可見，不用大腦的人，遇到事情無所適從，不知如何是好，多麼的可憐！

生命有數，歲月難留，每個有限的生命，若能發揮「讓我來想辦法」的精神，善用大腦，發揮智慧，相信明天會更好！

一九九二年十一月二日

念舊

每次路過縣立醫院，總忍不住要多看幾眼，因為，那是我生平第一次領薪水的地方；過去，曾伴我渡過四百多個風雨晨昏，現在，裡面還有許多曾經照顧我、愛護我的朋友。

同樣的，每次上台北，不管行程多麼緊湊，我都會想辦法抽空去永和，回到以前實習的公司看看，儘管，景物依舊，人事全非，員工「相見不相識，笑問客從何處來？」但仍令我割捨不斷那份念舊情懷。

當然，嚴格說來，我不是天生多情種籽，也非多愁善感的性情中人，最起碼，童年炮火下貧窮的歲月，溶鑄成一股「打落牙齒和血吞」的性子，跌倒了，毫不猶豫地自己爬起來，不曾為月落星沈黯然神傷，也不曾為枝頭黃葉飄零而嘆息，只是，人生旅途中，一些曾經朝夕相處的景物，以及認識的朋友，那清晰的影像，任歲月浸蝕，歷久彌新，揮之不去！

其實，人之異於禽獸，最大的差別，在於人是一種感情動物，具有喜、怒、哀、樂的本性，衍生無盡的愛、恨、情、仇，豐富人生多采多姿。而我，擁有血肉身軀，一息尚存，又豈能免俗？

的確，人非草木，孰能無情？這是一個群體社會，人與人之間，需要親情與友情，而維繫情份的綿延不墜，靠的是義，而不是利。

從前，炎黃子孫受儒家道統思想，明禮義、知廉恥，更知感恩圖報，「吃人家四兩骨，要還人家一斤肉！」其至，「一飯之恩報千金」，韓信少貧，塘邊洗衣的阿婆看他飢寒交迫，拿飯給他吃，後來，韓信當了楚王，感念恩澤，特專程賜贈阿婆千金，知恩圖報的故事，流芳千古！

而今，功利主義抬頭，很多人見利忘義。曾經，有一對主僕，訂定工作契約，有一天，主人不小心掉進河裡，在水中載沉載浮地呼救，僕人見狀，跑到岸邊大聲告訴主人：「你等等，我回去看看合約，是否包含這項義務！」當然，這只是一則寓言故事，可是，一樣米飼百樣人，「棚頂有伊款戲，棚腳有伊款人！」不信的話，何妨環顧周遭，或許，正有如此忘恩負義的人，蒙受提攜，竟不知感恩圖報，令人嗟嘆！

日前，一個二十多年前在金門當兵的友人，想攜眷回金門重遊，要我代購機票，以目前一票難求的情況下，實在叫我處處碰壁，幸好，在一家旅行社，一位十幾年未見面舊識，聽到我的名字，想盡辦法幫我弄到六張機票，不禁令人感慨：朋友還是舊的好！

一九九四年六月十二日

向前行

前一陣子，林強「向前行」的歌聲，風行大街小巷，撼動年輕人的心，盤據數週暢銷排行榜冠軍，甚至，連剛上幼稚園的小犬兒，也能朗朗上口，什米攏不驚，活蹦亂跳，學得有模有樣！

台灣地狹人稠，天然物產貧乏，卻能在短短的幾十年間，創造了經濟奇蹟，外匯存底傲視群倫，「台灣錢淹腳目」蜚聲國際，讓世界各國紛紛前來學習「台灣經驗」，尋求合作，希望挽救其國內瀕臨破產的企業。

其實，早年的國內企業，被外國人嘲諷為「盤子主義」，端在盤子上很好看，大家一動筷子便見底，也就是一窩蜂式地單打獨鬥，不能發揮統合力量，在國際舞台上，不是日本人的對手，每每被個個擊破。然而，曾幾何時，台灣的中小企業，卻能分食國際大餅，貼著「美的因台灣」的商標風行全球，或許，這正是向前行、什米攏不驚，林強精神發揮得淋漓盡致的成果。

的確，回顧六十年代，國內輸出還以農產為大宗，經國先生就任行政院長之後，便推出「十大建設」計劃，以當時的主客觀因素，很多國內外經濟專家，除了大吃一驚，很多人甚至極力反對，面對台中港白浪滔天直搖頭，沒有人敢相信在那裡能開闢商港，可是，經國先生正告國人：「今天不做，明天就要後悔！」抱持「人定勝天」什米攏不驚，向前行的精神，因而使台灣經濟起飛，躋身「亞洲四小龍」的行列。

有一句名言：「從不回頭的人，容易走錯路；常常回頭的人，走不了遠路！」所以，做任何事情，應當抱定決心，掌握契機，三思而行，否則，趑趄不前，錯失良機，將後悔莫及！

金門「戰地政務」終於走過歲月，正式譜下休止符，回歸憲政常態，邁向地方自治新里程。所謂的「失敗是成功的起點，經驗是最好的老師」，過去的種種，是非成敗，似乎已經不重要了，要開創金門美好的未來，眼前重要的是，要如何結合海內外鄉親力量，不猶豫、莫彷徨，大家心連心、手攜手，什米困難攏不驚，勇敢地向前行！

一九九二年十一月十三日

都是我不好

小時候，生長在農村，家家戶戶孩子一大群，孩子與孩子間，不管一起玩泥巴、打陀螺，或多或少都會起爭執，甚至大打出手。記得每次被玩伴欺侮，父親總要去找人家興師問罪，可是，每一次都被母親阻止：「是不是，罵自己！」

當時，對於被別人欺侮，不但不能討回公道，反而要受盡責備，幼小的心靈每每忿忿難平。而今，離家在外歷盡廿載人間冷暖，隨著年齡的增長，益覺得不識字的母親，為人處事，懂得「都是我不好」的作法，消弭了許多可能引起的爭執。

有一則故事，二戶人家比鄰而居，其中一戶人家終日爭吵不已，而另一戶人家，則時而傳出歡笑聲。有一天，那戶常爭吵的人家，拜訪擁有笑聲的鄰居：「你們家怎麼從不爭吵？」但見對方哈哈一笑：「因為我們家都是罪人，常常一件事，好幾個人同時承認犯錯，所以，沒有什麼好爭吵的。」問話的人聽得滿頭霧水，莫名其妙，百思不得其解！

有一天，經常爭吵的主人，又到有歡笑的家裡作客，希望找尋歡笑的秘方，突然，這個自稱家裡都是罪人的孩子，匆匆忙忙從屋外進來，表示擺在門口的腳踏車不見了，他懺悔地說：「都是我不好，如果我把車上鎖，就不會丟了！」聽完孩子的自責後，當媽媽的說：

「其實，都是我不好，如果我早些叫你把車推進來，不就沒事了嗎？」而站在一旁的父親接著說：「這都不能怪你們，當初如果我不買那麼漂亮的車，別人應該也不會喜歡！」

那位家裡經常爭吵的主人看完這一幕，終於找到他追尋的秘方。因為，這件事若發生在他家，首先遭殃的一定是孩子，必先承受一番嚴厲的斥責，其至一頓皮肉之痛，之後，妻子的冷言冷語、嘲諷數落，一場家庭爭吵又將上演。

是的，「人非聖賢，孰能無過？」只要是人，都會犯錯，就像千里駒也難免有失蹄的時候，其實，聰明的人，並不害怕錯誤的發生，就像故事中有歡笑的家庭，人人勇於承當過失，不讓錯誤引起的爭執，再造成二次傷害，「家和萬事興」他們當然擁有歡樂的笑聲。

所謂「不怕虎有兩張嘴，只怕人有異樣心」，倘若每個家庭都能效法「都是我不好」治家精神，豈不人人和樂？家家歡笑，推而廣之，我們這個社會不就能團結和諧嗎？

一九九四年三月二十日

義利不可分

春秋戰國時代，魏侯周罃稱王，遷都大梁，稱梁惠王，廣招天下賢士。因為主張「王道」，所以，重仁義的孟子，千里迢迢到大梁面見惠王，希望抒展仁義理念，想不到大王一見面便問：「不遠千里而來，將有以利吾國乎？」而針對諸多時弊前來求見的孟子，不加思索地回答：「王何必曰利，亦有仁義而已矣！」可見，人之私慾重利，無分王公將相、或販夫走卒，遠在三千多年前，上下交征利，已是人類的通病。

然而，綜觀二十世紀的今日社會，人類經過幾千年禮教薰陶，除了科技文明，重利忘義之心態，升官發財、巧取豪奪之手段，比起春秋戰國時代的諸侯們，實有過之而無不及。尤其，金錢掛師，有錢是大爺，社會上各種金錢遊戲當道，賭贏了吃喝玩樂，賭輸了偷搶詐騙，無所不用其極，形成廿世紀奇特的金錢文化。

很久以前，聽過一則故事：一個富翁乘船渡河，船至河中，突然刮起強風，渡輪翻覆，富翁落入水中載沈載浮，有一個年輕人見狀，立即划著小船，使勁地朝著河中駛去，盼伸出援手，所謂「救人一命，勝造七級浮屠！」

這個時候，富翁快要沈入水底，面臨生死關頭，拼命地掙扎，他突然想到，擁有那麼多錢，就這麼死去多可惜呀！此時此刻，何不花些錢來挽救自己的性命？於是，他呼救：「誰救我給一百元！」划槳馳往相救的年輕人聽了，並不多加理會，只顧奮力划著雙槳，心中只有「救人第一」的念頭，而不諳水性的富翁，已經喝了不少水，眼看著自己愈來愈支持不住了，於是，又呼救：「誰救我給一千元！」年輕人還是不加理會，小船愈划愈近，可是，富翁真的支持不住了，正當危急存亡，千鈞一髮之際，富翁又呼救：「誰救我給一萬元！」

這時，年輕人動心了，他放慢雙槳，暗忖著，何不再多等些工夫，說不定獎金還會提高到十萬元，或百萬元？可是，就這麼一遲疑，一眨眼的工夫，富翁沉到水底不見了，年輕人垂著頭而返，義與利皆成泡影幻滅。

這個故事，也許是真人真事，也許是虛構的杜撰情節，可是，多年來，卻一直縈繞在我心中，每當知道只顧私利、漠視公益的情事，便使我想起故事中的年輕人。

一九九二年十一月十八日

「千萬富翁」的遐思

日前，摯友光臨寒舍沏茶敘舊，閒話之餘，他老兄免費幫我概算不動產，竟為我戴上一頂「千萬富翁」的帽子。因為，根據他的算法，郊外的二樓國宅已四百多萬元成交，而我座落市中心的三樓店屋，價值就算沒有上千萬，也有七、八百萬之譜，反正，再加上其它的，「千萬富翁」雖不中，亦不遠矣！

對於摯友的這番封賜，我實在卻之不恭，因為，回想過去，童年生長在炮火之下，家貧如洗，有時連幾十元的註冊費，也要四處告貸，幼小的心靈，確實曾做過發財夢；可是，年長之後，發現自己既無本錢經商營利，也無才學求取高官厚祿，漸覺發財夢實在可笑。當然，苦日子過慣和過怕了，如今能付出勞力賺取金錢，也就念茲在茲，抱持「大富由天，小富由儉」的金科玉律，生活之中，食求溫飽，衣取蔽寒，只祈出有良師益友，入擁和樂家庭，就覺是世界上最富有的人了。

也許，若依現實行情，二年前附近有人大興土木，蓋了十幾間店面求售，想不到時空轉換，他賣一幢店屋的錢，今天還要再加幾十萬才能再買到一間地，地價暴漲情況可見一斑。

因此，朋友的封賜並不為過，只是，「千萬富翁」不但沒有帶給我快樂和滿足，反而引起了不安的遐思。

簡單地說，住者有其屋，這是民生主義的政策，亦是人類最基本的需求，理應人人有殼、家家有窩，可是，若因炒作，把每個人最基本的需求抬高價碼，虛胖式的社會經濟，表面上大家都是富翁，實際上，真正受益者，只有少數擁有土地和藉機炒作的有心人，一般社會大眾，則是禍患無窮；因為一幢房子動輒千萬元，很多人終其一生打拼，仍買不起一個安身立命的窩，因而自暴自棄，改變生活價值觀，甚至鋌而走險，淪為小偷盜賊，為社會帶來不安；此外，土地暴漲，政府公共設施土地征收困難，不能提升國民生活品質，就算順利征收，高地價也將反應在納稅義務人身上，實非全民之福。

金門正值轉型期，眼前當務之急，就是建設和投資，以繁榮地方，富裕民生，萬萬不能讓地價狂飆，扼殺我們前進的腳步，為了後代子孫，高房價是禍不是福，切莫因住屋增值而樂昏了頭才好！

一九九二年十二月十一日

寶貴的一課

前些日，旅居南洋數十載，幾年前移民澳洲的親戚，專程帶著幾個只會講英語的新生代返回故里，讓他們親沐故鄉的風土民情，親人相聚，上餐館吃頓飯，乃人之常情；金門沒有高山峻嶺，實無山珍佳餚饗客，吃海鮮便成了唯一的選擇。

一般而言，金門四面環海，饒富千奇百怪的海鮮，倘若搭配廚師獨具的烹調，必定令賓客們既好奇又興奮，大快朵頤讚不絕口。可是，當一盤清蒸濃腴的蟹黃端上桌之後，幾位只會說英語的親人，卻面面相覷，沒有人願動筷子，一幅小生怕怕不敢吃的樣子。透過翻譯解說：中國人吃蟹的歷史由來已久，早在三千多年前就有吃蟹的記載，吃法代代更新，從最早的「就火邊跂石炙噉」石板燒吃法，以至今天坊間海鮮店千般風貌的料理手法，被稱作「無腸公子」蟹黃，是饕客們公認的人間至美極品。

雖經解說，可是，幾位接受澳洲教育的年輕人，仍無動於衷，絲毫沒有動筷嚐嚐的念頭。原來，在澳洲吃蟹黃是一種犯法的行為，政府早已明文規定，撈捕到母蟹得立即放生，否則，將科以巨額罰款。因此，大家早已把吃蟹黃當成是一種罪惡，觀念深植人心。怪不得他們身在澳洲千百里之外，仍不忍心一口吞下能繁衍無窮生命的蟹黃。

不容否認，優生劣敗，適者生存，這是一個弱肉強食的世界，大魚吃小魚、小魚吃蝦米，人類為求果腹充飢延命，攝取食物仍天經地義之事，可是，二十世紀的今天，人類不再是設網罟捕魚打獵過生活，科技高度文明之後，動輒可以一網打盡，天上飛的、地上爬的，什麼都可以弄來吃，愈稀有、愈名貴，於是，大口地吃蟹黃、燕窩、魚翅，吃犀牛角粉，射殺黑面琵鷺，雖說大地藏無盡，但是，恣意趕盡殺絕，長此以往，我們的子孫將一無所有！

吃這一頓飯，內心汗顏無比，生在文明古國，久住禮義之邦，還要讓生長在異邦的親人，為我們上一課「自然生態保育」。

一九九二年十二月二十三日

醫生與畫家

前些日，小犬兒代表學校參加全縣「畫我鄉園」寫生比賽，獲國小低年段首獎，消息見諸報端，令我喜憂參半。喜的是初試啼聲，就一鳴驚人，作父母的豈能不感到與有榮焉？而值得憂心的，從他上幼稚園之後，拿起彩筆來就到處亂畫，不管潔白的牆壁，或名貴的傢俱，有些塗畫上去就洗不掉，有時忍不住罵他，他不當一回事，用棍子打他，擦乾眼淚後就忘了，照樣到處亂畫。

記得曾問他，長大後要幹什麼？他毫不考慮地回答：要當畫家，再問他若畫作賣不出去，要吃什麼？他笑嘻嘻地說：可以去當清道夫。因此，這回得獎，我耽心他將來真的要去當清道夫了！

小時候，住在貧窮的鄉下，彷如武陵人，不知外界世事，父母不識字，也不要求我們功課，他們認為唸個小學畢業，能夠寫信、看信，不會成「青瞑牛」就行了；而自己也覺得，只要考試及格，不要留級蹲班就心滿意足，從未想過還要升高中、考大學，一直到我進入醫院工作，發覺醫生真神氣，一個約僱人員月薪一千多元，醫生每月光是獎金就有十餘倍之多，於是，下班回家常常鼓勵剛上小學的么弟多多用功，希望將來能當醫生，果然，么弟不辱期望，從小學到高中，一直名列前茅，大學聯考一舉擠進醫科，實現夢想。如今，自己的兒子也上小學，又何嘗不是同樣寄以厚望？

其實，行行出狀元，當醫生能治人病痛，畫家作畫可以陶冶人性生靈，實有異曲同工之妙，唯一的差別，醫生一刀或一針下去，關係病人生與死，所謂「人命關天！」必須具備真才實學，絲毫不得苟且。

然而，畫家作畫，可以遊心騁懷，任憑想像，作品好與壞，繫於一念之間，所謂的「西洋眼鏡，在人介目」，很多畫家死幾百年後，作品才成名值錢。尤其現代價值觀改變，產品行銷導向靠哄抬炒作，當年南鯤鯓奇人洪通，傳奇故事未被新聞炒熱之前，人人當他是瘋子，成了名一幅畫二十萬元都不賣，等到新聞冷卻了，畫作賤如糞土，飢寒交迫，不得善終。

十六年前「季青」讀金門高中，和二位同學背著教官偷偷學抽煙，由他動腦筋畫時事漫畫投稿報社賺煙錢，當時，若強行打壓他專心功課，今天，他能是家喻戶曉的政治漫畫家嗎？

其實，鍾鼎山林，各有天性，不可強也！小犬兒喜歡作畫，也許只是一時興趣，畢竟才國小二年級，距決定一生的大專聯考，還有十年光景，尚可循循善誘。當然，「三軍可奪其帥，匹夫不可改其志！」若小犬兒不改其樂，將來成不了畫家，淪為清道夫，那也是命呀！

一九九四年三月二十日

又見麥苗

元旦假期，難得風和日麗，應孩子的要求到戶外紓展身心。隆冬時節，沒有鶯啼燕語，不見蜂飛蝶舞；寒流肆虐，大地一片蕭瑟，尤其是一些拋荒的農地，蔓草枯藤，倍感荒涼！

車子繞過大半個太武山，好不容易在金沙橋畔阡陌裡找到幾塊新綠，孩子不禁驚叫著：「好漂亮的絨布鋪在地上！」我告訴他們，那是麥苗，鮮綠的麥苗長大後會結穗，麥穗裡的麥籽，能做成麵包或餅干，孩子卻瞪著一雙疑惑的眼神。

「時間的經過，就等於一切東西的變化。」認真地算，和孩子相差三十歲，三十年前，我的童年就在麥田裡成長，那時，沒有玩具，玩伴三五成群跑進麥田裡，尋找一種類似碗豆的豆夾當哨吹；或摘一株麥穗，放進褲管後，在田裡拼命地奔跑，比賽誰的麥穗先爬上褲頭；或折一節麥管，上頭撕開成漏斗狀，放進一顆碗豆，用口吹麥管，讓碗豆在漏斗裡滾動。事隔三十年，童年情景歷歷如繪，甚至煮飯燒麥稈，灶內麥管爆裂的僻哩拍啦聲，滿室濃煙瀰漫，被燻得眼淚直流的情景，也彷如昨天才發生似的。而今，孩子們竟不相信麥苗能長出麵包！

的確，小麥耐旱又耐寒，適合金門冬季種植，加諸「貧憚查脯愛種麥，貧憚查某愛作客」，種麥省時又省事，只要把田犁好，將麥籽均勻撒播，既不必除草，也無需殺蟲，麥苗愈冷長得愈有勁，怪不得從前的金門，冬季滿山遍野仍是綠意盎然，直到初春，「夜裡南風起，小麥覆壟黃，農人收麥忙，你一擔，我一擔，挑起小麥喜洋洋！」

記得唸國中時，台灣來的地理老師很感慨：世界上那裡產小麥，她背得滾瓜爛熟，可是，小麥到底長得什麼模樣，她是有幸來到金門之後才一睹「廬山真面目」。如今，時空的轉換，年輕人為了求學就業，紛紛遠走他鄉，守在家鄉的父老，一年年地老去，田園漸蕪，隆冬時節，想找幾塊新綠的麥苗已不可多得，或許，再過幾年之後，說不定想看那金黃色的穗浪，要到長城塞外，才能重溫兒時的情景！

一九九三年一月四日

把問題找出來

學期快結束了，唸幼稚園小班的犬兒突然不肯去上課；起先，以為孩子鬧情緒，連哄帶騙把他送進教室裡，可是，接下來幾天，情況愈來愈嚴重，每當要幫他穿圍兜，就如臨大敵，風也似地奔上樓躲進房間裡，將房門鎖上。

往常，犬兒是時間還沒到，就嚷著要上學，因為，幼稚園裡有許多玩具和玩伴，而今，連用哄騙的方法都沒轍；面對拒絕上學的小子，氣得腦際間突然閃出「棒下出孝子」的古訓，於是，我拿著竹鞭試著扳起臉孔，可是，小傢伙什麼不學，竟學他老子寧折不曲的性子，皮肉之痛也不吭一聲。

幸好，老師學過心理學，親自問他為什麼不上學和小朋友一起遊戲，才獲知每天唱「叮噹叮噹鐘聲響，我們要回家」時，鄰座的高個兒同學，經常趁老師不注意敲打他的頭，在忍無可忍的情況下逃學。因此，在找出問題後，老師立即將鄰座同學調換位子，犬兒才又每天快樂上學。

同樣的，也是學期快結束了，某國中一位年輕教師，突然三番五次找人事員欲請病假住院，甚至，要請長假回家休息，按理人事員給申請表填寫，往上呈報，幹不幹是他家的事，然而，人事員發覺這位老師從來沒有拿過公保單看病，且氣色極佳，讓人看不出有病痛的感覺，備感事有蹊蹺，於是，尋找適當時機與他閒談，果然，根本不是身體有毛病，而是同仁之間出了誤會，覺得日子過得沒意義，產生厭倦，幸好人事員本諸良心，以「公僕中的公僕」精神，把問題找出來，經過溝通協調，不僅化解一場誤會，更促進單位團結和諧，也挽救了一個年輕人的信心，重燃生命之火。

孫子兵法有句膾炙人口名言：「能舉起毫毛，不能算為力量大的人；能看見日月，不能算視力好的人；能聽見打雷，不能算聽覺敏銳的人。」的確，一個人要能見輿薪，也能察秋毫，才算是智者。而一個人、一個家庭或一個單位，都有或多或少潛藏形態裡面的問題，若不能把問題找出來，或蓄意打壓圍堵，星星之火可以燎原，等到小問題變成大問題，將為時已晚！單位裡的人事員，正是所謂的潤滑劑，以服務員工、教育員工為天職，在法令許可範圍內，替員工爭取最大的福利，是幫長官解決問題，絕不是縣府派駐的，就養尊處優，以「人事官」自居，玩權弄勢，終日扳著樸克臉，不可一世的樣子。

上述二件校園小事，老師和人事員都善盡職責，功德圓滿，不但獲得大家的尊重，相信他們的內心一定很快樂。

一九九三年一月十九日

相互尊重

人的手指頭上，指面皆有細紋，有些是螺紋圈圈、有些則是缺口畚箕狀。而每個人的螺紋圈數不盡相同。據傳說：螺紋圈數決定人生，擁有圈圈的多寡，分別有不同的命運；其中，八個圈圈者是乞丐命，十個圈圈者是達官貴人，而我，就介乎二者之間，就差左手中指是缺口畚箕狀，誠屬美中不足，小時候常引以為憾！

或許，這真是命運的使然，九個圈圈幸運逃過乞丐命，卻臨官門而不入，無怪乎踏入社會近二十年，庸碌如昔，沒有當過什麼「長」字，近年來，漸慶幸少了那麼一個圈圈，無官一身輕能專心擁有喜歡的工作，讀書寫作，樂在其中，無怨無悔！

當然，天生沒有官命，倒也不欽羨別人為官顯赫，有屬下使喚，連太太也變夫人，除了錢多，好處更是數不盡，因為，自覺這個年代，當不當官，那是認知問題，有人身為公僕，食用民脂民膏，卻存有古老封建思想，處處以官自居，養尊處優，氣指頤使；而有人卻認為職等愈高，是責任之加重，比方說，我有亦師亦友的知己，任職國立高中主任，雖有部屬、工讀生，可是，上班並不逍遙，因為，他把權責分得很清楚，除了公事，私事從不敢勞駕他人，甚至連倒杯茶水也親自動手。職業沒有貴賤，他尊重別人，不用說，亦獲得同仁十分尊重。

曾經，有這麼一則故事：從前，有一位醫生乘轎出門為人看病，天氣燠熱，路途遙遠，轎夫汗流浹背，氣喘如牛，而坐在轎內搖搖晃晃，大夫也久不耐煩，心浮氣燥，竟責罵轎夫：「卑賤的東西，還不給我走快點！」

轎夫趕路腳底都起泡了，不但得不到主人的安慰，竟還受盡吆喝責備，因此，心裡愈想愈氣，其中，一個轎夫想出辦法，使用苦肉計，他抓一隻毛毛蟲，讓牠爬過兒子的小雞雞，頓時，小雞雞因癢紅腫，轎夫趕快抱去看大夫：「大夫！小犬不知為什麼，小雞雞突然紅腫，拜託大夫幫忙診斷。」醫生不疑有他，順手捧動嬰孩的小雞雞，左顧右盼，斯時，轎夫說話了：「我抬轎出賣勞力很卑賤，你當大夫看病要P人家的LP，就很高尚嗎？」

誠然，「愛人者，人恆愛之；敬人者，人恆敬之！」這是群體互動的社會，一顆小螺絲釘都具應有的功效。為人處事若玩權弄術，仗勢欺人，那是劃地自限，將自取其辱！惟有珍惜自己，尊重別人，才能獲得別人的尊重，不是嗎？

一九九三年二月十六日

好人出頭

再見到同學的大姐，是廿年後的事了。

二十年前，我到城裡唸高中，臨座住城區的同學，和我性趣相投，除了很談得來，更同樣迷戀玩棒球，尤其，他是道地的左撇子，投出的快速球十分犀利，於是，常常由他擔任投手擲球，自然而然，我只有客串捕手接球了，形成投捕拍檔。那時，我是通學生，每天大清早太陽還未露臉，便踩著星光趕搭第一班學生專車到學校，中午，就到校外街上吃麵線糊或炸饅頭，偶而順道到同學家遛躂。

有一回，在同學家裡遇見一位車掌小姐，上、下學經常搭她的班車，嬌小的身材，常常旅客大爆滿，調皮的乘客故意擠在車門邊，不讓車掌小姐上車，而她卻從來不生氣，反而輕聲細語拜託旅客幫忙儘量往裡面走，每到站牌，必先一再招呼旅客下車，若是老弱婦孺，貼切照顧上、下車，更是不在話下。原來，她就是同學的大姐，由於家境清寒，自己放棄升學，當隨車小姐受盡委曲，賺取微薄的待遇供弟妹求學。因此，往後再搭她的班車，心裡又增加了一份敬畏的感覺。

高三那年，我還是通學，但是，同學的大姐已不必每天隨車顛簸了，升為站務售票員。畢業後，大家分道揚鑣，各奔前程，同學投效軍旅，置身科技行伍，彼此失去聯絡，不覺時光匆匆，當再見到同學的大姐，霍地驚覺廿個寒暑飛了；而這些歲月，她不但苦讀通過學歷鑑定，更上一層樓，從車掌小姐晉身在公務界嶄露頭角。

或許，同學的大姐比較幸運，良駒遇伯樂，在上司身教言教熏陶下，才能在相夫教子之餘，以一己之力，善盡社會責任，也力爭上游。當然，同學的大姐，只是平凡的基層公僕，實在沒有什麼顯赫的功績值得大書特書，然而，二十年來，她那儉樸踏實，奮發向上的精神，確值得大家學習。

平心而論，這些年來，公僕晉昇並無準則可循，以致產生諸多庸碌乖順或酒國英雄，真正踏實苦幹，不懂逢迎諂媚者，反而常遭冷落，逢此回歸憲政常態，人事革新之際，但願人員調整之考量，「若有周公之美，使驕且吝，其餘不足觀也！」除了資格，品性良窳應是不容忽視的環節，惟有讓真正想做事的好人出頭，才是全民之福。

一九九三年二月二十二日

怎一個愁字了得？

隨著開放的腳步，繼股市「號子」登陸金門之後，大批觀光客及建商也蜂擁而至；這一陣子，很多鄉親都發了，他們一夕致富，躋身董事長、總經理之林，荷包裝滿鈔票，眉飛色舞，氣宇軒昂，真不知羡煞多少月薪上班族？

我有一位朋友，以他的智慧和條件，可以輕鬆在開放契機掙得一席之地，分食觀光大餅，然而，他沒有這個念頭，默默守著即將式微的老本行，像苦行僧踽踽獨行，飯蔬食，置身書堆，樂在其中！

嚴格說來，認識這位朋友，應屬因緣際會，早在二十年前，當我還是初出茅廬的小毛頭，因愛書常跑書店，而結識這位開書店的文壇前輩，不但獲得不少教益，向他買書，都獲得優惠禮遇，後來才發現，凡是愛書人，幾乎都在他「半買半相送」下成交，賣書已不是為了營利，而是推介好書與朋友分享，實現理想夢境。

早年，風氣閉塞，資訊不發達，島上缺乏休閒娛樂場所，因此，到處書店林立，只要有街道就有書店，可是，曾幾何時，書店關門的關門、改行的改行，取而代之的，是三步一家電玩、五步一家卡拉ＯＫ，青少年沉迷日本快打旋風及卡通，成年人熱衷金錢遊戲，當人們聚在一起，談汽車、談股票、談房地產，再也沒有人關心文化或藝術了。

朋友的書店，常常整套文學新書擺在架上乏人聞問，只有股市入門或理財賺錢術之類的書籍比較暢銷；更可笑的是，每期的聯合文學進貨五本賣不完，相反地，每期的愛情青紅燈四十冊一下子被搶光。事實上，今天開一家書店，成本動輒以百萬計，況且，一本書被翻爛了，還不一定賣出去，在本重利輕的情況下，怪不得每次上台北逛重慶南路，總發覺書店漸漸消失，就快要成「電玩」街了。

眾所皆知，這是一個功利主義盛行的社會，衡量一個人的成就，往往取決財富的多寡，百無一用是書生，只有金錢才能提昇個人社會地位，甚至集權貴於一身，於是，大家見怪不怪，逢迎拍馬，唯利是圖，蔚為風尚，尤其，許多公務員，不讀書充實知能，不閱報關心國事，一味乖順聽話，或勤習猜拳秘笈，練就千杯不醉的功夫，待人際關係敞開，自然平步青雲，官運亨通。君不見，很多人開一瓶酒幾千元面不改色，卻吝於買幾本故事書給孩子。

書，是知識寶庫，一本書的誕生，常窮積作者畢生智慧與經驗，嘔心泣血的結晶；書店更是知識的浩瀚大海，任憑遊騁。如今，在現實環境下日漸式微，固有文化不斷凋零褪色，書香社會離我們愈來愈遙遠，這豈是一個「愁」字所能概括？

一九九三年三月八日

聚散兩依依

這一陣子，從中央到地方，刮起炙熱的人事搬風，到處瀰漫著濃郁的離情別緒，其中，行政院長郝柏村卸職，民眾手持國旗和鮮花，高喊敬愛和支持，蜂擁爭相握手致意，送別激情罕見，那種不勝依依的場面，連畢生馳騁沙場的將軍也難掩傷感之情，強忍著淚水揮別朝夕相處的部屬，感人至深。

所謂「相聚時難別亦難」，人生若飄萍，聚散本無常，一陣風可以吹聚在一起，而另一陣風卻吹散各奔東西，這種風雲際會，正是佛教中心理論緣起學說，宇宙之浩大，滄粟之渺小，無不因緣而生，因緣而滅；「緣聚則生，緣散則滅」，森羅萬象皆逃脫不了的定律。

誠然，人之異於禽獸，在於人能充分展露喜、怒、哀、樂，換句話說，人是一種感情的動物，除了追求裹腹延命，更不斷在提昇精神文明。尤其，中國人是講究仁恕的民族，歷史綿延五千年，孔孟與歷代大儒的薪傳：一個人的真正快樂，不是用金錢或權勢可以強求，只有修己助人的工夫達到相當程度，快樂自然而然從心靈深處湧出。

記得今年春節期間，在一項茶敘中，戰地大家長曾剴勉我們：「一個人要讓大家感到他的重要性，離別會感傷和懷念，那就成功了，相反地，一個人若讓大家覺得可有可無，或恨不得趕快滾蛋，就值得好好自我檢討了。」的確，在我們的生活周遭，正不乏這兩種人。有人秉持悲天憫人的胸懷，散發生命的光和熱，致力服務人群，受到敬重和愛戴，離開後路上相見，彼此如師如友、如兄如弟，情感因別離而延長。可是，有些人只看到手中的權杖，私利薰心，踐踏異己，搞得雞犬不寧，不但不受歡迎，反而被取個渾名，甚至暗地裡被吐口水，當然，相聚不能相疼惜，別後相見，情誼還會有明天嗎？

逢此人事更替，新人新氣象，尤其，舉國上下，大手拉小手，推動祥和社會之際，所謂「十年修得同船渡」，但願大家能珍惜聚會因緣，讓聚散兩依依，永遠做個被敬重和懷念的人。

一九九三年三月三日

讓我們關心孩子

最近，警方肅竊捷報頻傳，不僅偵破懸宕三年的縣農會金沙辦事處保險櫃被盜案，繳出一張漂亮的成績單，且讓許多無知的「小竊賊」歸案，使警察的辦案能力令人耳目一新！

然而，在論功行賞與喝采聲中，我們發覺現形的宵小，絕大多數是在學的青少年，稚子何辜？除了令人長嘆，更急著想知道，這個社會怎麼啦？究竟有多少隱藏在意識形態裡面的問題，值得關心？

不可諱言，往昔金門民風純樸，為外人所稱頌，而今，竊案像流行性感冒般地在島上蔓延，宵小肆無忌憚，持尖刀、帶乙醚綑綁弱女子，形同打家劫舍，讓民眾在家裡睡覺都沒有安全感，治安已惡化到人人自危的境地。當然，地區環境特殊，很多案子令警察辦起來力不從心，這是整個制度上的問題，不是苛責所能解決得了的。

可是，「人之初，性本善。」古今中外，沒有人天生就是小偷盜賊，而我們這些孩子當然也不例外，環境讓他們沉迷電玩，誤蹈法網，這些民族的幼苗，國家未來的主人翁淪為賊，「細漢偷挽葫，大漢偷牽牛」這是一個很嚴肅的問題，能不令我們憂心？

平情而論，雖然電玩管理辦法明文限制十八歲以下青少年涉足，可是「殺頭生意有人作」，自古已然，於今尤烈，業者在有利可圖的情況下，睜一隻眼、閉一隻眼讓小顧客上門，實在無可厚非。試想，開門作生意，要房租、要稅金、要種種開銷，豈有跟自己過不去，趕走上門的財神爺？再說，法條公布了，誰在執行？青少年打電玩非一朝一夕，真正取締過幾個？主管單位都不管，業者有錢可賺，何樂而不為？於是，孩子們呼朋引伴，成群結黨，日久惡向膽邊生了，他們那裡知道，一時的貪玩，將為一生留下永難磨滅的污點！

當然啦！古有明訓：「養不教，父之過；教不嚴，師之惰！」可是，綜觀今天的教育制度，延長九年國民義務教育，縱然校規嚴峻，但是，就算被記一百個大過，也不會被開除；縱然學科滿江紅，也照樣升級。在這種情況下，面對升學壓力，不想唸書的孩子，有限的訓導人員，能規範他們的校外生活嗎？

其實，孩子也真可憐，除了金城市區，其它的鄉鎮沒有圖書館，沒有足夠的活動場所，連到民俗村、到中山林看猴子，也要伸手向父母要錢買票，他們放學之後何處去？孩子沉迷電玩，淪為賊，這是包括你我在內的每一個人、每個家庭都應深思的課題！

一九九三年三月二十七日

常懷感恩心

那一年，沒有擠上升學的窄門，旋投身公僕，我常暗自感傷，這輩子的學生生涯將從此劃下句點，在未知的茫茫紅塵裡，誰將殷殷教誨？誰再循循善誘？

記得剛脫下學生制服的時候，一個初出茅廬的懵然小伙子，抱著忐忑之心進入醫院工作，面對一個全然陌生的環境，要學習適應，更要學習工作技巧。幸好直屬上司畢生獻身公共衛生防疫工作，經常離家別子，走遍窮鄉僻壤，深入蠻荒叢林，他那充滿關愛的眼神，以及對工作的熱忱與執著，和他朝夕相處，深深地體會到，人活著，不是為了追逐高官厚祿，應是一種理想，一種希望；而一個人的偉大，不是擁有耀人的權勢和財富，卻是有限的生命，散發光和熱，去照拂蒼生！

和他相處一年多，同辦公室工作，同寢室而眠，我發覺：教室裡老師傳授的，那是理論的探討，而社會上學到的，卻是實際的印證，因此，我常告訴自己，走出學校並不是學生生涯結束；走入社會，人間處處有恩師，正是學習的開始。

轉任報社之後，奉命到台北當學徒學照相，拜在中央日報一位剛從日本學成歸來的師傅門下，或許，真的蒙上蒼鍾愛，拜戰地之子之賜，原來，師傅曾是總統　蔣公的隨身侍衛，對戰地金門來的特別關照，否則，一粒麥仔掉進泥裡，將繁衍難以數計的麥苗，何況，在競爭的工商社會裡，能遇到講真心話的人都難，更別說傳授吃飯的看家本領。

悠悠歲月，近二十個公僕寒暑不知不覺中溜逝了，回顧過去，我是那麼地幸運，每當調換工作，總有傾囊相授的恩師，就像現在，奉命學習守著一扇門，「讓不好的進不來，也出不去」，編輯部的先進、電腦室的組長暨師傅們、校對組的弟兄，大家熱心的指導，消弭許多可能發生的舛誤。

時空之囿，不能升學求知，卻在社會上處處遇恩師，受益無窮，怎能不常懷感恩心？

二〇〇一年十二月九日

心中有夢夢成真

人的嗜好，是一種很奇妙的玩意。有人愛菊，像陶淵明愛它的臨霜雪而不屈；有人愛蓮，如周敦頤愛它的出污泥而不染，這就是所謂的鐘鼎山林，各有天性！

小時候，生長在貧寒農家，自知天資駑鈍，見聞狹小，委實不敢存有高官厚祿或飛黃騰達的妄想。的確，童年歲月，在砲火硝煙之中苟命，不知那一天會血肉橫飛，因此，活著的願望是「結廬在人間，而無砲彈喧」，如此而已！

有人說，人生只是不斷在追尋一種理想，一種希望，和一種寄託！

認真說，在那個年代，三餐成問題，生命保不住，能談什麼理想和希望；住在鄉下，沒有報紙，更不知電視是何物，還奢望什麼精神寄託？或許，我比較幸運，從祖父的書箱裡，翻到一些斷簡殘篇的手抄幼學瓊林、章回小說，囫圇吞棗地涉獵一些課外讀物，心靈深處對文學萌發濃厚興趣，於是，每當讀到行雲流水，下筆如神的文章，胸臆間遂充滿著無限的憧憬。

高中時代，不經意間發現鄰座同學名字赫然烙印在報紙上，細問之下，方知報紙上有一塊園地叫「副刊」，誰都可以在上面寫文章，如蒙刊出，還有稿費可領，因此，也就不知天高地厚跟著在「方格子」學步。

名作家彭歌曾說過：人的一生必有一些刻骨銘心、永誌不忘的際遇，都是值得寫作的素材，一個人開始寫作，他的觀察力會磨練得愈來愈敏銳，心地愈來愈寬廣，對事的了解，對人的同情，都會與時俱增，這些收穫，縱使將來成不了作家，也可以成為一個更好的讀者，一個更好的人。

回顧過去二十載方格學步歲月，曾經爬過國內諸多報刊雜誌，尤其，蒙多位主編之厚愛提攜，和正副結下不解之緣，惟一的缺憾，爬過正副任何一個角落，就是爬不進右上角那個方塊「禁地」，而成了心中的夢想！

而今，側身學習做守門人，奉命加入「浯江夜話」耕耘，雖久疏筆墨，也義不容辭地如期交稿，因為，那是心中的夢，夢已成真！

一九九二年十月十日

回首來時路

孩子告訴我：「月考自然科簡單得要死，十分鐘就繳卷了。」我問他：「繳卷之前有沒有再仔細看一遍試題，答案是否全寫對？」孩子一陣搖頭，瞪著一雙疑惑的大眼，流露出後悔的臉神。

面對未經世事的孩子，使我想起一則寓言故事。從前，有一個員外，備束脩聘老師為兒子傳道、授業和解惑，第一天開始上課，先教寫字，一就是劃一橫，二就是劃二橫，三就是劃三橫，學生依樣畫葫蘆，很地就學會，高興得不得了，當晚，連忙將學習的成果與雙親分享，並表示：讀書識字很簡單，自己學就會，何必再花錢請老師呢？

因此，員外聽信兒子的建言，第二天就請老師走路回家吃自己了。不數日，員外備好酒慶壽辰，囑咐兒子寫請帖，宴請一位萬姓的友人，員外兒子用筆沾著墨，一筆一筆地畫著，從近午到黃昏畫得滿頭大汗，員外見狀問道：「帖子什麼時候能寫好？」只見寶貝兒子嘟著小嘴：「唉呀！什麼人不請，偏偏請姓萬的，這一萬筆，大概要劃到明天哩！」

的確，高深的學問，就像江河大海，是由淺入深，日積月累，涓滴而成，絕不可能無師自通，更不可能憑空獲得。

過去，我也和我的孩子一樣，對簡單的事情漫不經心，而患了見輿薪、不察秋毫的毛病，比方說，想像中的新聞校對工作，是大不了「忠實原稿」那樣的簡單，可是，當我有機會走過這條道路，猛然回首才恍然大悟，原來，面對廣大的讀者，校對守著最後一道門，要上曉天上、下通地理，像一部活字典，對文稿的一點一撇、用詞遣字、數據吻合、文題相對等等都得以斟酌，否則，差之毫釐，失之千里！幹簡單的事，也要俱備不簡單的條件。

而今，回首來時路，面對嶄新的工作，每天要接受讀者的挑戰與考驗，愈覺臨淵履薄，時時惕厲自己，要多讀、多看、多問、多學習。此外，還能用這麼一點小經驗——訓誨自己的孩子。

一九九二年十月十六日

覺悟

不久前，國防部長陳履安的長公子陳宇廷，揮斷青絲塵緣，剃度出家奉行如來事，成了熱滾滾的社會新聞。

生在顯赫之家，自幼聰穎過人，大學唸的是千萬人擠破頭的電腦科系，復擁有美國哈佛企管碩士，從事最賺錢的行業，卻以最有為的而立之年，捨棄功名利祿，選擇脫離塵俗的人生大道，全心向佛皈依為「見安」和尚，這樣的消息著實引起不小的震撼！

原來，陳宇廷年少因家世良好，養尊處優，遂衍生驕恣傲慢，放蕩形骸，涉足酒色財氣，不但不能感恩回饋社會，反而因此憎恨過很多人。雖擁有哈佛企管碩士頭銜，但是，日子過得並不快樂，心靈總覺得很空虛，當他靜下來的時候，深覺離生活中的目標愈來愈遠。在今年年初，在一個偶然的機會，他到空山靈雨中，和出家兄弟一同挖泥搬土，發現流汗的快樂，遠勝於抽菸、喝酒、跳舞千百倍，於是，他覺悟了，決定選擇修行之路，改變人生的方向。

的確，茫茫塵世間，人生際遇不同，生命有數，慾海無窮。有人生而封王晉爵、有人卻命中註定是放牛的牧童。當皇帝住華屋廣廈，集三千寵愛於一身，猶不滿足，希望永生不老，企求併吞他國，一統天下；而放牛吃草的牧童，還會望著遠山的草長。於是，他們的心裡都不快樂。

其實，快樂的源泉，來自於自知之明，能欣賞自己的長處，補救自己的缺點，看淡名利，心胸自然開闊，快樂因此產生。而陳宇廷正具備了這樣的慧根，絕非受到挫折或厭世遁入空門，不是逃避，而是在雙親合掌默禱祝福下，剃除三千煩絲入沙門，為了追求更高的理想，體驗更深的大慈大悲！

佛家說：「苦海無邊，回頭是岸」，又說：「以前種種，譬如昨日死；以後種種，譬如今日生」，陳宇廷的決心和行動，正給予紙醉金迷、私利薰心的人們，上了寶貴的一課，而他的那份福德因緣，更令我們期待另一位「星雲」、「證嚴」的誕生！

一九九二年十月二十二日

饒舌巧辯惹人嫌

每次深夜打卡下班之後，車子從報社大門外順坡而下，我習慣扭開收音機，讓廣播節目伴著踏上歸程。

認真說，「平時不作虧心事，夜半行路心不驚」，我絲毫沒有怕走夜路孤寂，企圖藉廣播壯膽的念頭，而是覺得幹新聞編輯，工作絕非僅僅坐在編輯檯那幾個小時而已，生活之中時時要不斷充實知能，掌握社會脈動。換句話說，幹新聞工作和一般行政完全是兩碼子事，不能相提並論，比方說，幹一般行政，「賣魚的不管蝦兒事」，和自己職務無關的，可以不聞不問，而從事新聞工作，「風聲、雨聲、讀者心聲，聲聲入耳；家事、國家、天下大事、事事關心」，對於生活週遭的人、事、地、物，不能知道的要想辦法去知道，對於國內、外情事、與政府決策，該知道的不能不知道，而這一些訊息的來源，惟有多收看電視、多聽廣播，和多閱讀書報雜誌，才能順應時代的潮流，滿足讀者的需求。

其實，身為現代人，吸取新知不只是為充實本職知能好做事，更重要的是，要擴大生活領域，藉以啟迪心智，讓自己更成熟好做人，跳出唯我獨尊的框框。

日昨，在一個生活諮詢的廣播節目裡，一個聽眾叩應進去，問說公司裡一個同事，從小學科年年第一，尤其是每次參加演講比賽，總是技壓群雄，拿過許多獎狀，總歸一句話，他口若懸河，足以把烏鴉說下樹、也能把豆腐說出血來，在公司裡，沒有人辯得過他，可惜，很少人願跟他講話，孿孤單，怪可憐的！

現場負責解答的專家學者慢條斯理地解說：這是一個群體互動的社會，每個人都希望受尊重，有少部份的人，天生俱有優越感，處處自認高人一等，與人講話時，無心聽取別人的意見，只顧尋找對方的弱點攻擊和為自己辯解，每次都把對方漂亮擊倒，結果，久而久之，沒有人願甘拜下風，因此，雖有好口才，恐怕也找不到聽眾。

俗話說：「歹心無人知，歹嘴卡厲害！」一個人即使有再好的學問，若喜歡饒舌巧辯，日久天長，必將惹人嫌，聰明一時，糊塗一世，得不償失！

一九九六年九月十三日

厲行革新的勇者

前些日，有一家醫院登報公開招考雇員，特別在啟事中強調：「請託或關說者恕不錄用」，短短的幾個字，涵意深遠，令人矚目！

不可否認，古老的中國，採行科舉制度，以文試、武會拔擢人才，蔚為國用，幾千年來，其公平性就爭議不休，就連延續至今的國家各種考試，雖集中入闈命題、統一閱卷，依然紕漏層出不窮，所謂「道高一尺，魔高一丈」，各種作弊的方法，花樣不斷翻新，防不勝防。

此外，其它地方性或民營機構用人考試，那就更甭提了，很多早已內定，再虛晃一招，愚弄無知的考生，結果，所錄取者非上駟之選，若非能力有問題，就是品性不及格，更糟糕的是，有些被特別安排的人，不知感恩圖報，竟仗勢凌人，傲慢、怠惰，反而扛著背後的招牌砸人，誰也奈何不了他，造成單位員工士氣低落，形成團結和諧的絆腳石。

當然，我們不能以偏蓋全、以點看面。歷史告訴我們，明萬曆年間，左光斗主持京畿一帶地方考試，在一個風雪交加的寒夜，帶著幾個衛隊騎馬出巡，在一座古寺的廊房，見一進京赴考的學生伏在桌上瞌睡，身旁放著一篇剛打好草稿的文章，左主考官把文章看完，脫下貂皮袍子蓋在考生身上，問了寺裡和尚，得知考生叫史可法。到了考試那天，史可法交卷時，主考官左光斗當面圈為第一名。這樣的作法，若以考試公平性的觀點來說，實在不無可議之處，可是，又有誰能像他一樣慧眼識英雄，提攜一個文才武略蓋世的俊彥蔚為國用呢？

可嘆的是，像這樣的事真如鳳毛麟角，諸如甲考被譏為「假考」，在激辯之後壽終正寢，很多的考試，不能發揮去蕪存菁，擇優汰劣的功效，反而淪為營私舞弊，逢迎拍馬的籌碼。君不見，不管公民營機構，員工讀書風氣低到令人不敢相信，倒是滿街的卡拉ＯＫ和酒廊，閉著眼睛掃帚隨便一揮，都可掃到一蘿筐的「酒國英雄」，人與人之間，瀰漫著虛偽的送禮文化，大家見怪不怪！

日前，行政院通過「行政革新」方案，為澄清吏治，建立廉能政府，杜絕關說和請託，澈底消弭送禮文化，就是最具體的表現。

說句公道話，日前這家醫院敢於公開拒絕關說和請託，這是自我懂事以來，金門地區二十年內絕無僅有的作法，敢於打破傳統藩籬，跳出既定的窠臼，真是明智之舉，值得大家敬佩的勇者。深信讓每個應徵者，同時有機會站在起跑點上，必定會有一個能力強、品性好的人脫穎而出，貢獻智慧和力量服務人群。

一九九三年九月二十一日

買車淺見

在台啥醫學系的么弟摩托車騎了五年，終於壞了，上學交通工具成了問題，送到車店修理，估價的結果，修理費要好幾千塊，超過車子的現值，老板勸他乾脆換部新車，他不知如何是好，打電話問我，希望指點迷津！

當我了解狀況之後，毫不考慮地要么弟將舊車報廢，買部新車，可是，么弟卻表示希望修理舊車，因為，這個學期結束後，就要到醫院實習，屆時新車也用不到，何況，新車容易被偷，騎起來反而沒有舊車那麼放心。么弟的這一番話，一語驚醒夢中人，我立即告訴他，不必考慮了，用買新摩托車的錢或再多加一些，買一部中古汽車，既不怕被偷，又可風雨無阻！

說句實在話，社會高度文明之後，買車代步，已是時勢所趨，似乎不是什麼奢侈品，連上學的學生也不例外，么弟告訴我，他們班上同學超過三分之一開汽車通學，當然，其中不乏開進口高級轎車，但是，絕大多數是「二手貨」，畢竟，當學生自己不會賺錢，有車已經不錯了，還敢奢求什麼？

其實，買車容易養車難，一部車子上路，絕非單單耗油與輪胎磨損而已，每年的燃料稅、牌照稅及保險費，更是令人吃不消。因此，為應實際需要而買車，就是一門大學問，尤其是受薪階級，不得不精打細算，於是，什麼人開什麼車，遂形成一種特有的汽車文化，富商巨賈，達官貴人，莫不以名牌汽車凸顯身份和地位。

當然，這是一個開放的時代，任何人只要口袋裡有錢，想買部朋馳或積架上路，誰也干涉不了。然而，一般人買車的目的，就是為了出門方便，選澤和自己條件相「賜配」的車子，只有少數人，「打腫臉皮充胖子」，不惜舉債開豪華車充闊少。其實，那和有錢人穿髒衣破鞋一樣的可笑，因為，每天需要討生活的人，沒有專人洗車保養，為了炫耀自己，每天當「車奴」，那叫自討苦吃！

尤其，好車不但是竊賊覬覦的目標，更是不滿分子「紋身」的對象，車子開出門，還要膽顫心驚，每年除了要多花幾萬元保全險，精神的損失更是難以估計。

開車，已是現代人生活中不可缺少的一環，開好車，不見得比人高一等，反之，也不見得比人矮一截，只要是一部能開的汽車，而不是「氣」車，就該心滿意足了，不是嗎？

一九九四年三月三日

狗年談狗

不久前，衛生環保單位下達全面撲捉野狗令，訂出獎懲辦法，今年雖是狗年，可是，到處遊蕩為害農作、影響觀瞻的野狗恐將行衰運。消息經報端披載之後，引起保護動物人士的高度關切，向「言論廣場」版投書，暢談野狗處理之道，籲請以愛心對待人類最忠實的朋友。

談起狗，這種和人同屬哺乳類的脊椎動物，恐怕沒人不知、無人不曉，除了深具靈性，善解人意之外，和人類的關係更是源遠流長。因為，早在八千多年前的太古時期，三皇之一的伏羲氏教民置網罟漁獵，在那個時候，狗就已成為人類族群中重要的成員；儘管，幾千年來，人類善用智慧，累積經驗，已經從洞居狩獵生活，創造高度文明，而狗依然四腳著地，改變不了吃屎的習性，仍為人類所豢養。唯一不同的是，狗忠心耿耿，不嫌主人貧的天性，為人們所鍾愛，自古已然，於今不改！

說真的，從前一般家庭養狗的目的，都以看門防賊為主，能吃殘羹剩飯就不錯了，而今，環境丕變，狗成了寵物，講血統、論品種，一隻名犬甚至身價百萬，不但有考究的狗食，還有專屬的美容店和醫院，養狗的目的，竟成有錢又有閒的人，用以凸顯身分的象徵，文明社會裡狗的地位，簡直不可同日而語！

然而，萬變不離其宗，狗畢竟還是臉上長毛，嘴裡永遠吐不出象牙來，除了還會隨地便溺、也會任意咬人。因此，很多狗被關在鐵籠裡，或用鐵鍊拴著，以免製造髒亂或傷人，可是，「飼瘦狗洩主人」，讓狗兒失去自由，若再疏於照料餵食，虐待動物，無異製造人間煉獄，狗兒狂叫哀嚎，影響左鄰右舍居家安寧，亦是一種公害。

近年來，宵小猖狂，鼠輩橫行，家戶遂興起養狗熱，夜深人靜，一犬吠影，百犬吠聲，是足以嚇跑竊賊，卻也擾人清夢。尤其，像我們幹新聞工作日夜顛倒的人，每晚從分秒必爭的編輯檯下來，精神過度緊張之後，下班回家常常擁被久久無法成眠，若再有風吹草動，更是輾轉反側，就像今夜，鄰人拴在屋後的那隻狗，不知是風吹雨打，冷得受不了，或是什麼原因，又是澈夜哀嚎不已，聲聲淒厲刺耳，令人睡意全消，躺在被窩裡，腦海裡盪漾著一些屬於狗的瑣事，趕緊起身振筆疾書，狗年談狗，也算是一種應景文章吧！

一九九四年三月二十日

意外的收穫

每次電視播出賣沙茶醬的廣告，諧星廖峻那維妙維肖的模仿聲調，就令人不由自主地想起經常登山健行的「阿港伯」林洋港，他那慢條斯理特有台灣國語，以及「不忮不求」的飽學儒士風範。

說實在話，那天在編輯桌上處理「阿港伯」將巡視金門的新聞稿，知道他在金門高中大禮堂有一場演講，個人覺得「百聞不如一見」，能躬逢其盛現場聆聽，那是千載難逢的機會，輕易錯過豈不可惜！

因此，當天我起得比較早，匆匆趕往金門高中，可惜還是去晚了，演講會雖未開始，可是，偌大的禮堂已座無虛席，連走道和窗口也擠滿黑壓壓的人頭。當然啦！進場不收門票，也就無所謂的對號入座，向隅者也只好靠邊站了！

我佇立在人叢中，和大家一樣屏氣凝神，那情景，真像老殘明湖居聽白妞說書一般：「滿園子裡鴉雀無聲，連一根針掉到地上都聽得見！」

十點鐘一到，演講會終於開始了，縣長先致簡短歡迎詞之後，滿場響起熱烈掌聲，「阿港伯」正式開講。儘管，以他目前的立場，只能暢談最冷門的中國固有倫理道德，可是，當他那特有的音調在禮堂擴散出去之後，正如一座宏鐘產生千百道回音，不斷在耳畔激盪，加諸配以許多精采的旁徵博引，在會場掀起陣陣高潮，雖然，不像說「梨花大鼓」的白妞王小玉那樣讓人「五臟六腑裡，像熨斗熨過，無一處不伏貼；三萬六千個毛孔，無一不暢快。」但是，他那闡釋道統文化的神采，卻同樣足以叫人「餘音繞樑，三日不絕於耳！」

其實，認真說，讓我最折服的，並非是他演講的內容和神采，而是他那自始至終屹立不搖的腳力。因為，自從我加入「夜貓族」之後，作息時間日夜顛倒，運動量驟減，居家或上班，坐著的時間多，站著的時候少，出門又開車，久而久之，不知不覺中，腳力慢慢退化了，因此，連站著聽一個小時的演講，雙腳也倍感酸麻，比起年長我三十歲，站著在台上滔滔不絕的「阿港伯」，反而絲毫沒有腳力不足的感覺，心內實在汗顏無比！

所謂「功夫一天不練，自己知道；二天不練，內行人知道；三天不練，連台下外行人都看穿了！」幸好，因為遲到，讓我有機會站一個小時，才能及早體認出自己的腳力退化了，宜謀求補救之道，或許，這是聽「阿港伯」演講之外意想不到的收穫。

一九九四年三月二十五日

漫談投稿

唸高中時，在一個偶然的機會迷上寫作投稿，開始在方格上學走路，歲月匆匆，二十個寒暑在不知不覺中溜逝了；在這段踽踽獨行的道路上，稱不上有任何成就，若仔細計較，也僅獲得一點「敝帚自珍」的經驗罷了。如今，投身審稿編務，處理四方八面來稿，對於寫作與投稿，又有一番新的認知。

談起寫作投稿，顧名思義，就是報紙或雜誌上有一塊公開的園地，可供人對陌生人講話，說話者用紙筆將全意寫出來，送到編輯桌上，經過審理編排，轉印成整整齊齊的文字，呈現在廣大讀者面前。

文稿寫作，須用有格紙張繕寫，方便計字編排，稿紙頁數，依序編號，才不致前後倒置，尤其，字跡應該力求清晰工整，切莫龍飛鳳舞，為了自己省事，增添編、排、校的麻煩，因為，一張報紙的出刊，分秒必爭，實在沒有閒工夫去字字推敲，何況，報紙送得出去，收不回來，更不容許有錯誤發生，此外，文章段落宜分明，每段開行空二格，標點符號在排版上，也占一個字的空間，必須寫在方格中間，才不致在編排上造成計字誤差。

一篇文稿大功告成之後，記得在文末加註通信地址及聯絡電話，除了方便寄發稿酬，文稿若有不明處，也便利查詢，至於用真實姓名或筆名發表，悉聽尊便，只要寫在題目下，不必多加說明，報紙有責任保護真實身分不外洩。文稿寄出前，最好自行留底稿，否則，須自附貼足郵資封袋，以便割愛時方便退稿之用。值得一提的是，文稿切忌一稿數投，因涉及著作權法，那是不道德和不負責任的行為，對於有一稿雙賣行為的作者，編者都「小生怕怕」，儘量少用，甚至不用為妙。

過去，交寄文稿，都要麻煩綠衣天使，稿紙的摺法，就是一門學問，作者為討好編者，除文稿講究整潔美觀，也在稿紙上下工夫，一般是直摺之後，再於三分之二的地方橫摺裝入信封，讓編者打開時，文稿如同一個人跪著，含有祈求的意思，而編者若發覺文稿不合用，則平均三等分摺疊，表示文稿雖不合用，還是獲得三分禮遇。

從前，有一作者寫稿屢投不中，因此，在一篇文稿中，故意將其中二頁用膠水粘住，結果，文稿退回時，那兩頁依舊牢牢貼著，作者很生氣寫一封信大罵編者，而編者卻很技巧地回他一封信：「我每天用雞蛋泡牛奶當早餐，當拿起蛋時，即知道是好蛋還是壞蛋！」當然，這只是一則笑話而已，其實，任何一個編者，都希望自己的刊物內容充實華麗，審稿的態度，大都認稿不認人。因此，一篇文稿爭取刊出，除了要文情並茂，言簡意賅，一些小技巧也是不容忽視的！

當然，時代的巨輪不斷前進，電腦普遍使用之後，文稿以電子檔傳輸，往昔的傳統投稿應注意事項，也跟著成絕響！

一九九三年十月八日

唯我獨尊？

古老的中國，長期受封建傳統禮教的束縛，人們的思想保守僵化，幾千年來，炎黃子孫生活在「大德不踰閑，小德出入可也」的框框裡，觀念根深蒂固，牢不可破，男人是「君子遠庖廚」、女子則是「無才便是德！」直到近半世紀以來，資訊發達，交通便捷，天涯若比鄰，西方開放思想東漸，加諸國內教育普及，民智漸開，一些陳舊迂腐的觀念慢慢褪去。

然而，當人們思想開放之後，心胸卻狹窄起來，很明顯的，當大家不再把皇帝當天子的時候，就以自己為最大，形成一個以自我為中心的社會，尤其，人們有權或有錢之後，也就處處唯我獨尊了。

日前，從廣播裡聽到一則笑話，一艘戰艦夜間出巡，航行於茫茫大海，守夜的水手監視著黝黑的海面，突然，發現前方有燈光，立即報告艦長，睡眼惺忪的艦長指示：馬上打訊號通知對方改變航道，以策安全。水手奉命行事，不料，對方卻傳回訊號，反而叫戰艦趕快改變航道，當水手再報告艦長時，惱火的艦長又下了一道命令，再發訊號給對方，表明是一艘大戰艦，若不趕快遠離，後果自行負責，這是艦長的命令。想不到，對方不但沒有迅速遠離，反而又傳來更急的電訊，叫戰艦趕快改變方向，雖不是命令，卻是一個燈塔守夜員的忠告。

當然，這畢竟只是一則笑話，否則，以敢在夜間航行的戰艦，雷達設備豈有分不清燈塔或船隻，但是，這則笑話卻帶給我們很大的啟示，因為，在我們生活周遭，就不乏類似可笑的艦長。君不見，眾生百態，不管那一個族群，都有人在爭權逐利，然後自命不凡，過過官癮，享享特權，甚至「山中無老虎，猴子也稱王」！簡單打個比方，開車的朋友上了馬路，處處可見大車霸道欺侮小車，小車則橫衝直撞，爭先恐後不讓行人，尤其，大車夜間會車，常常不變換近燈，更是令人難忍，盛勢凌人的心態，和笑話裡的艦長有什麼兩樣？

的確，這是一個弱肉強食的時代，大魚吃小魚、小魚吃蝦米，幸好，宇宙造化，一物剋一物，強中自有強中手，一山還比一山高，戰艦在海上所向無敵，若不小心，礁石就是最大的剋星。因此，在這個以自我為中心的社會，人可以在創造發明上下功夫，尋求智慧財產權上的唯我獨尊，至於為人處事方面，還是珍惜自己，尊重他人，謙虛禮讓一些來得好！

一九九三年十月十三日

論考核

時光荏苒，一年容易又歲末，又是公務員辦理考核的時候了！每年到這個時候，很多單位總會出現「考核症候群」，今年當然也不例外。

其實，公務員辦理考績，針對一年來的工作、操行、學識、才能表現，本諸信賞必罰的原則，作公正、公平之評比，用以獎優汰劣，激勵團隊士氣，提昇員工素質；這項評比，訂有等級人數比例，超過八十分者列為甲等，不但可以加祿晉爵，更可獲得一筆可觀的獎金，對公僕深具實質助益。

然而，每當核發考核通知單，總是幾家歡樂幾家愁，甚至出現情緒性的擾嚷，或消極性的怠惰。因為，沒有超過八十分者，幾乎人人面有菜色；超過八十分者，分數也在比高低，依舊有人心裡不舒服。因此，考核獎金之核發，不僅沒有發揮預期效果，相反地，常常成了單位團結和諧的絆腳石！

不容否認，公務員考核獎金之設立，用意甚佳，可惜作業在「保密」的陰影下，常常「聖聖佛，遇到瘋弟子」，評比方式沒有根據考核要件及勤惰獎懲，大權操在少數人手裡，高興給誰就給誰，每每作為排除異己，酬庸乖順的籌碼。君不見，很多單位裡，那個不知好歹的員工曾經投票選錯邊，或得罪主官管，便鹹魚不得翻身，年年望甲等興嘆，尤其，絕大多數機關採縱的評比，幹部優先，理所當然再混也甲等，於是，部屬連著好幾年考乙等者大有人在，如此這般，員工如何團結向心？

時代在變，如今考績不良者，不但沒獎金，還要扣薪，因此，公正、公平愈顯得重要，過去「保密」陰影下偷偷摸摸式的考核方式，似乎已經不合時宜，惟有公正、公平、公開透明式的評比，讓考甲等者，他們好在那裡說給大家聽聽，作為員工楷模；考乙等以下者，他們為何不能考甲等，也該讓他明白原因，知所惕勵，才能心服口服！

一九九三年五月七日

心動不能馬上行動

菸酒營業許可證開放之後，民眾申請熱滾滾，短短一個星期裡，便有七百九十幾件申請案，令審核單位應接不暇，大感吃不消。為什麼民眾熱衷於買、賣菸酒呢？理由很簡單：有利可圖，只要一證在手，便可以「人在家中坐，錢從天上來」！

據了解，金門自結束軍管開放參訪，觀光客絡繹於途，爭相叩訪戰地大門，除了讓台金航線機位一票難求，更使金酒奇貨可居，很多酒類有行無市，有些觀光客不甘於入寶山空手而回，因而願打願挨，花倍蓰於公定價亦在所不惜；而金酒的貨源，悉憑酒牌向物資處批購，因此，酒牌頓成寵兒，炙手可熱，一張牌每月可申批二次，每次可不費吹灰之力，平白獲利五、六千元。換句話說，一個菸酒牌出租，每個月淨利萬餘元。據說，有人連牛欄豬舍都申設為菸酒營業處，手頭握有十幾張牌照，一個月就獲益十幾萬，所謂「君子愛財，取之有道！」這種不偷、不搶，善用市場契機的賺錢方法，真不知羨煞多少勞心勞力的上班族？

如今，牌照又開放申請了，將有不計其數的菸酒商投入市場，大家一窩蜂地想分一杯羹，這股投資熱，勢必讓金門家家戶戶成為菸酒商，平均密度足以列入「金氏紀錄」，為金門開創獨特的「菸酒文化」！然而，這樣的菸酒市場是否還有厚利，值得深思？

台灣是個海島，天然物資貧乏，早年缺少資金和技術，萌芽的工商業，各自單打獨鬥，什麼可以做，大家爭相投資，雖然，為台灣創造了「腳踏車王國」、「太陽眼鏡王國」等美譽，可是，惡性競爭，相互殘殺，曾幾何時，「王國」美譽今安在？海島型的經濟，被外國人譏為「盤子主義」，端在盤子上很好看，大家一動筷子馬上見底。

金門孤懸海島，環境特殊，消費者更屬特定族群，視聽餐飲有利可圖，馬上滿街林立，電玩和卡拉ＯＫ興起，三步一家、五步一店，可是，很多開張慶賀餘溫未退，隨即有人關門、頂讓。很多生意像風一樣吹過，走在前面的把錢賺走了，跟在後頭者往往血本無歸。

其實，短視近利，正是人類的通病，有人就利用這個弱點，哄抬炒作，囤物居奇，因而大發利市，當然，有人因此吃虧上當，不得不慎。的確，投資理財，戒之在貪，以免因小失大！

金門的觀光旅遊，像天氣一樣漸漸地熱起來，想分食觀光大餅的人，切莫心動馬上行動，宜冷靜地自我評估，不要熱昏了頭而後悔莫及！

一九九三年五月十七日

我家也有菸酒牌

我家也有菸酒零售牌，新近才領到的，從此可以一證在手，希望無窮了。

其實，我家本來就是作生意的，營業項目最多曾達七、八項，涵蓋製造、加工、買賣、包羅甚廣，如今再增加一項「菸酒零售」，似乎不是什麼鮮事，何況，百分之百的確定，這是整條街最後領到的一張牌照，中國人「寧為雞口，不為牛後」，這張牌照實在不值得大驚小怪，多費筆墨去宣揚了！

問題就出在菸酒牌照炙手可熱之初，很多親朋好友慫恿趕快去申請，反正，本來就是開店做生意嘛，不影響水、電、電話費及房屋稅，這是政府藏富於民的德政——不拿白不拿，勝過於養一個會賺錢的孩子。因為，孩子長大討老婆，說不定「聽某嘴、大富貴」，不見得能按時寄錢回家，而只要申請到一紙菸酒牌，每個月按時有錢拿，逢年過節還特別有「大紅包」，最好像很多人一樣，一張嫌不夠、十張不嫌多，豬舍、牛欄、破屋統統拿去申請，弄一疊牌照在手，就可以「人在家中坐，錢從天上來」，然而，我總覺得那是別人「賺吃」的，豈能「卒子吃過河」，於是，一再叮嚀實際經商的內人，有關菸酒牌的事，不要去問，也不要去聽，更切記：心動不能馬上行動！

有一天，來了一個菸酒大盤商，他整條街挨家挨戶地尋覓，終於發現我家店面沒有擺酒，這是最後一塊可以開發的處女地，於是，他老兄便鼓起如簧之舌：「有錢不賺三分罪！」「這個世界上，如果一百人中有九十九人瘋了，剩下那一個沒有瘋的，一定是頭殼壞去！」聽他這麼一說，覺得蠻有道理，全島八千住戶，擁有九千多家菸酒商，扣除農保及公教戶，我們不就真的成了那惟一頭殼壞去的人嗎？菸酒商看到我們夫妻倆一臉疑惑，乘勝追擊：「如果你們嫌麻煩，證件和私章給我，你們等著拿錢好啦！」

說真的，金錢人人愛，很多人甚至冒著生命危險去販毒走私、偷搶詐騙，所謂「君子愛財，取之有道」，我們家既是做買賣營生，多申請一種營業項目納稅營利，這是天經地義，不是什麼見不得人的事，因此，就這樣答應菸酒商的請求，果然，不久之後，我們家也有菸酒零售牌照了。

不過，還要拜託專業買賣菸酒的阿叔阿嬸，可要慈悲為懷，絕非我們撈過界，實在情非得已，因為，有錢不賺三分罪，就算五分罪我也在所不惜，只是我有兩個兒子，他們將來要討媳婦，我若不跟著大家「抓狂」，而被當成「頭殼壞去」的人，害了孩子，那才是罪孽啊！

一九九三年九月二十五日

責任與良心

漫長的暑假結束，莘莘學子重回校園上課！

開學的第一天，孩子放學回來，手足舞蹈，喜孜孜地告訴我：班級幹部改選，他擔任「國語科組長」，以後，同學都要找他背誦唐詩；言下之意，這個學期，老師和同學賦予他一項重責大任。

當然，孩子榮任「國語科組長」，這實在不是什麼了不起的職務，大概只是老師在教學上一種讓同學相互砥勵的編組，但是，這代表著能力受肯定，雖微不足道，卻沒有任何理由讓我不為他感到驕傲！最起碼，「熟讀唐詩三百首，不會作詩也會吟」，藉由同學找他背唐詩，耳濡目染，所謂「豬母近戲棚腳久，未唱歌也會打拍」！

其實，孩子的心靈是一張白紙，權利容易使人迷失自己，我不希望他太早受到污染，因此，與其說為孩子感到驕傲，倒不如說該為他感到耽憂，因為，權利和義務相輔相成，並行不悖，權利是責任、義務是良心。如果能有所認知，戮力以赴，則相得益彰，造福自己，服務人群。相對的，若不懂得權利愈大，那是責任之加重，需要付出更大的愛心和關懷，把權利當成一把魔杖，則恐怕損人害己，禍患無窮！

或許，這是個人狹隘的看法，卻是不惑之年的心領神會。不錯，在人生的旅途上，絕大多數的長官付出關懷和愛心，散發人性的光輝。只有極少數例外，記得幾年前吧！有一天早晨上班，我遲到了，打破自己讀書、工作保持三十年以上的紀錄。其實，只遲到五分鐘，按規定上班前後十分鐘打卡不算遲到，可是，在上班鐘響之後，我才踏進大門，偏偏被主官看見了，之前，曾私下威逼利誘，不但不為所動，還回以冷笑，早就心存偏見，因而無視於我身上的血漬和塵土，也不問為什麼遲到，當場喝斥，只是，我一句也沒聽進去，也不作任何辯白，因為，我還惦念著剛才路上那個不小心跌進水溝的騎士，在醫院裡不知是否已清醒？

當然，這一次的教訓，讓我刻骨銘心，永生難忘，深深地覺悟，人不管扮演什麼樣的角色，都有一定的權利，那是責任和良心，絕不是一支可以為所欲為的魔杖！如今，孩子站在人生的起跑點上，老師和同學賦予他一個「組長」的權利，我除了為他感到驕傲，更需要告訴他，那是責任之加重，應付出更多的愛心、量力為同學服務。

一九九三年九月三日

讓關心萌芽

這一陣子我很忙，台灣來的報紙除「尹清楓命案」相關報導，如連載偵探小說一樣每天必看，其餘的，只是走馬看花，大抵粗略地瀏覽一番而已！

然而，元月七日聯副丘秀芷女士「這是我所認識的金門嗎？」一文，卻令我詳讀再三，理由很簡單，從小我就是她的忠實讀者，近年來也有數面之緣，讀她的文章，如見其人，倍感親切，何況，她寫咱們金門，豈有不看之理？

說來實在令人慚愧，一個自稱「半個金門人」的訪客，一年憑來金門三、五次，竟對金門瞭若指掌，比誰都關心金門，當她發覺金門在急遽變化中，尤其近一年半來，財團進駐、林木遭濫伐、違建林立、大陸貨充斥街坊，因而感嘆：三十八年金門沒有被共產黨「解放」，如今，卻被財團「解放」了；當年沒有被敵人登陸，今天卻被大陸貨攻佔了。

憑良心說，這些年來，多少達官貴人，為了金門「陳年高粱酒」，巧立視察訪問之名，來匆匆、去匆匆，酒酣耳熱之後，真正曾為金門做了些什麼？而赫赫有名的作家丘秀芷女士，像苦行僧般地「為文化上前線」，有計畫分批帶藝文作家來送書、帶名嘴來演講，風塵僕僕深入校園和營區，跑遍大小金門，而且，似乎愈跑愈有勁，來的次數愈來愈密集，熱愛金門的程度，簡直早已把金門當成自己的家了。

其實，這些年來，丘秀芷女士為金門文化建設獻心盡力，大家有目共睹，毋庸我再大吹大擂，只是，她熱切關心我們，而身為金門人，捫心自問，我們是否曾經關心過自己？金門大門敞開以後，利之所趨，多少「家臣通外鬼」，合法申請的還沒核准，非法的早已橫行，想要幹什麼，只要我喜歡，大爺有錢，沒有什麼不可以，於是，到處肆無忌憚地濫伐林木，明目張膽地大搞違建，街坊及風景區變成大陸貨的集散地，金酒貨源短缺，商家批不到酒賣，觀光客來金門，買回去的竟是馬祖酒，這不是笑話是什麼？金門真正值得觀光客來看的，沒有妥善開發，任憑業者亂伙式的單打獨鬥，惡性競爭的結果，觀光品質每下愈況，怪不得近來觀光客銳減，許多業者已叫苦連天。

這一年半來，金門像自由落體重力加速度急遂在改變，原有的閩南傳統建築風貌被恣意破壞，新的建設缺乏妥善規劃，金門前景令人憂心！「半個金門人」的丘秀芷已關心地大聲疾呼，土生土長的金門人，還有什麼理由不關心自己？

為金門鄉土，為後代子孫，請讓關心萌芽！

一九九四年一月十四日

有夢最美

妻的同學又要出國了，這回說要到大洋洲的紐、澳地區觀光；出國觀光，對妻的同學來說，那是家常便飯，一年四季總要出去好幾回，足跡早已踏遍很多國家，而對蟄居金門的我們來說，那是遙不可及的夢想！

自從台金之間開放電話直撥之後，人與人之間的距離拉近了，隔著台灣海峽的親友，可以「千里聲息一線牽」，妻和勞燕紛飛多年的同學，自是不能例外，每次電話一撥通，總有講不完的話，彷彿又回到學生時代，如影隨形，密不可分。

所謂「男怕選錯行，女怕嫁錯郎」，一生的幸福，就繫於一念之間，想當年，妻不捨棄我窮酸的農家子弟，毅然從市街下嫁到鄉下，洗手做羹湯，每天與柴米油鹽醬醋茶為伍，還要伴我為生活打拼，尤其，孩子出生之後，每天除了開門七件事，還要外加尿布和奶瓶，孩子陸續走進學堂，需要為他準備餐點，換洗衣服，每天從早到晚，都有固定的工作忙得昏頭轉向，照顧孩子，有時累得想多歇息一會兒都不行，更別說丟下他們出國去觀光了。

而妻的同學，學校畢業之後，選擇了豪門子弟，飛上枝頭當鳳凰，夫婿熱愛作畫，喜歡收藏藝術品，擁有異於常人的洒脫，十多年來，他們沒有生兒育女，了無牽掛，常常可以比翼雙飛，雲遊四海，浪跡天涯，他們的生活，直叫人「只羨鴛鴦不羨仙」！

其實，人生之際遇，「萬般皆是命，半點不由人」，人與人之間不能相比，人騎馬、我徒步，回首後面還有一個推車漢，真是比上不足、比下有餘。畢竟，當我們欣羨豪門子弟生下來不必勞心勞力，就有享益不盡的榮華富貴，實在不必怨天尤人，何妨退一步想想，還好當初沒有降生在伊索匹亞，否則，淪為飢民，為了一碗粥苟命，有時還得走上四十公里！

當然，人類的不知足，是推動社會進步的原動力，要不然，王永慶富可敵國，金銀財寶幾輩子都花不完，年逾古稀，幹嘛還每天工作十幾個小時？可以肯定的是，這絕對不是別人逼他，而且，他也不曾自怨自哀天生勞碌命！

自從和妻攜手共組家庭，十多年來一直守著金門島，不曾出國去觀光，可是，一家人健健康康，為了孩子，每天從早忙到晚，當孩子多認識一個字，或多吃幾口飯，就心滿意足，高興得辛勞皆忘，日子一天過一天，天天擁有希望和喜悅的美夢，所謂「有夢最美！」不是嗎？

一九九四年一月二十四日

不拜又何妨

前些日，開車經過舊金城古地城隍廟前，但見嶄新的石雕牌樓鐫刻著：「居心正直見我不拜又何妨，作事奸邪盡汝燒香無益」和「善惡難瞞，不必階前多叩首；瑕瑜了徹，豈容台下細搖唇」等楹聯，字字細讀之後，雖然，我沒有下車走進廟裡參拜，但是，城隍爺威靈顯赫公正無私，嚴審善惡福佑浯民的影像，卻已浮現在眼前，內心不自覺地肅然而起敬！

的確，幾千年來，古老的中國人們崇天敬神，深信天有神、地有鬼，因此，只要有人住的聚落都設神道膜拜，其目的在規範人心，導引人性向善，所謂「人間私事，天聽如雷，暗室虧心，神目如電」，每一個人舉頭三尺有神明，一言一行都赤裸裸呈在文武判官面前，因果會輪迴，善惡到頭終有報！

當然，金門自古就是「仙山」、「佛地」，無分大村小村都建有廟宇，供奉忠孝節義先聖先賢，福祐子民，尤其，廟宇神靈更是村民精神支柱和行為規範，比諸法律更是有過之而無不及，然而，年逾不惑，除了小時候曾幫母親提素果籃到廟裡拜拜之外，平時，幾乎不曾進廟裡燒香拜佛，農曆初二、十六更不曾跟人家「拜門口」，因為，個人一直覺得佛在心中，只要平時不做虧心事，仰無愧於天，俯無怍於地，心地光明磊落，實在沒什麼好懼怕的！相反的，一個人如果平日偷雞摸狗，專幹不公不義、傷天害理的勾當，就算天天燒香拜佛，又能贖回多少罪孽？又豈能心安？

此次路過舊金城古地城隍廟前，望見新建牌樓楹聯，自覺涵意深遠，對規範人心，導引人性，以及匡正社會風氣，都有積極正面的意義，特以記之！

二〇〇二年二月一日

後記

但使願無違

在我三歲那年，爆發「八二三炮戰」，四十四天大戰當中，金門一百五十二五方公里的小島，落彈近五十萬發；由於村後國軍佈置八門「一五五榴彈炮」，因炮兵開火，慣例先轟炸對方炮陣地，所以，村子遭「池魚之殃」落彈特多，我們家唯一棲身的磚瓦房，先後中了七發炮彈，同時，灌溉的水井被震跨，連耕牛也被炸得身首異處，唯一慶幸的是，一家老小毫髮無傷！

自古以來，農村需要大量人手，家家孩子一大群，我們家也一樣，兄弟姊妹七人，個個嗷嗷待哺。金門是海中孤島，到處黃沙滾滾，能耕種的田地本不多，成年男丁皆遠赴南洋討生活；先祖自對岸泉州渡海前來墾牧，祖父有五個兄弟、父親也有五個兄弟，祖產得作廿五等份均分，偏偏我也有五個兄弟，將來若要靠耕種維生，將無立錐之地。何況，適逢「國、共」兩軍隔著金廈重兵對峙，金門居民管制不准出境到南洋謀生，島上無分男女，年滿十六歲即納入民防自衛隊，配發槍枝接受軍事訓練，隨時為保鄉衛國與國軍併肩作戰。

當年，金門教育不普及，普遍是借用村落中的宗祠當教室，學生打赤腳在敵人的砲聲中上課，很多人等不及唸完國民小學，只要有一枝步槍高，就紛紛報考「士校」當兵吃大米飯，不必天天喝蕃薯湯，家裡也可申領眷補米糧。

或許，由於當時營養不良，唸國中以前，我的個兒一直沒有步槍高，而且，有人當著母親的面嘲笑：「一個兒子娶媳婦，聘金等開銷至少要二十萬元，五個兒子就要一百萬，沒田、沒地、沒產業，憑什麼娶某，將來恐怕要被人家『招女婿』改姓！」

因此，父母親發願：孩子既然已生下，無論日子再怎麼辛苦，也要讓所有孩子唸完金門最高學府——金門高中，更不能被招贅改姓。事實上，雙親生長在日據時代，沒有機會讀書識字，僅靠種一塊錢三斤的青菜、和剝一斤一塊五毛錢的海蚵，沒有固定收入、也沒有「子女教育補助費」，卻能在敵人的炮火下，讓五個兒子先後唸完金門高中，雖然，在那窮苦的年代，部份孩子未能升大學，但其中有人在離島從未補習，卻能自力考上醫學系；更值得安慰的是，五個兒子都已成家立業，沒有人出嗣或贅入他姓。

坦白說，當年個人高中畢業未能升學，迄今不但沒有怨與恨，反而非常感謝父母，因為，當時一家老小生活無以為繼，他們沒有為了領取軍眷米糧，強逼我們兄弟去當兵，甚而能讓我們到城裡唸高中，確實是非常的不容易。

當然，因為自己沒有學歷，自覺要在職場存活，就不能沒有學識、也不能沒有能力，所以，平時努力看書、閱報，希望在「社會大學」裡多多充實自己。很幸運地，進入金門日報工作之後，承蒙時任編輯主任的顏伯忠先生諄諄教誨，提攜擔任新聞編輯，並因工作關係得與文字為伍，逼著自己每天要看很多份報紙、找時間閱讀古典史籍，並時時關心社會脈動，所謂「世事洞悉皆學問、人情練達即文章」，幾年之後，幸獲升等考試及格，在「無牛駛馬」的情況下，先後晉升編輯主任及總編輯，然因長期上夜班，且沒有固定假日，金門雖已開辦大學，惜仍無緣進修補學歷，幸好，為應工作需求，每天更勤於讀書、閱報，才能獲取更多的知識。

如今，能獲「秀威資訊」發行人宋政坤先生、主任編輯林世玲小姐之協助，願同時出版「人間有情」、「天公疼戇人」、「心寬路更廣」、和「心中一把尺」四書，同時，更幸運能獲知名作家丘秀芷女士、國際知名法學博士傅崑成教授、金門文壇前輩陳長慶先生，摯友陳欽進兄等分別作序，以及蔡群生先生為文稿校對、名書法家張水團先生為書名題字，謹此同表感謝。

值得一提的是，文壇前輩陳長慶先生際遇比我還糟，唸完初一即因家境所迫輟學，靠賣書、賣報維生，卻能自修苦讀，並不斷向各報刊投稿，所寫的金門鄉土小說和散文，備受讀者喜愛，迄今已結集出版二十七本書，分別在各大書店和網路書城出售。

回首前塵往事，當年我的父母不識字，為恐孩子娶不到媳婦，因而發願無論再怎麼辛苦，也要讓孩子讀完高中，不能被人家招贅改姓；如今，他們的願望達成了！想想自己年逾不惑，雖然沒有學歷，卻依然擁有時時努力學習、和接受挑戰的勇氣，儘管，靠自修投稿寫作之路非常辛苦，但金門文壇前輩陳長慶先生，正是我效法的好榜樣，因此，願借用陶淵明的詩句：「晨興理荒穢，帶月荷鋤歸；道狹草木長，夕露沾我衣；衣沾不足惜，但使願無違。」作為鞭策自己的動力、與努力的方向，祈盼有朝一日，願望也能實現！

二〇〇七年十一月二十五日

國家圖書館出版品預行編目

人間有情 / 林怡種著. -- 一版. -- 臺北市 ：
秀威資訊科技, 2008.01
面； 公分. --（語言文學類；PG0164）

ISBN 978-986-6732-53-9（平裝）

855 96025011

語言文學類 PG0164

人間有情

作 者 / 林怡種
發 行 人 / 宋政坤
執 行 編 輯 / 林世玲
圖 文 排 版 / 郭雅雯
校 對 / 蔡群生
封 面 設 計 / 莊芯媚
書 名 題 字 / 張水團
數 位 轉 譯 / 徐真玉 沈裕閔
圖 書 銷 售 / 林怡君
法 律 顧 問 / 毛國樑 律師
出 版 印 製 / 秀威資訊科技股份有限公司
台北市內湖區瑞光路583巷25號1樓
電話：02-2657-9211 傳真：02-2657-9106
E-mail：service@showwe.com.tw
經 銷 商 / 紅螞蟻圖書有限公司
台北市內湖區舊宗路二段121巷28、32號4樓
電話：02-2795-3656 傳真：02-2795-4100
http://www.e-redant.com

2008 年 1 月 BOD 一版
2009 年 11 月 BOD 二版
定價： 270 元

讀　者　回　函　卡

感謝您購買本書，為提升服務品質，煩請填寫以下問卷，收到您的寶貴意見後，我們會仔細收藏記錄並回贈紀念品，謝謝！

1.您購買的書名：______________________________

2.您從何得知本書的消息？

☐網路書店　☐部落格　☐資料庫搜尋　☐書訊　☐電子報　☐書店

☐平面媒體　☐ 朋友推薦　☐網站推薦　☐其他___________

3.您對本書的評價：(請填代號　1.非常滿意 2.滿意 3.尚可 4.再改進)

封面設計____　版面編排____　內容____　文/譯筆____　價格____

4.讀完書後您覺得：

☐很有收獲　☐有收獲　☐收獲不多　☐沒收獲

5.您會推薦本書給朋友嗎？

☐會　☐不會，為什麼？______________________________________

6.其他寶貴的意見：____

____

____

____

讀者基本資料

姓名：_____________________　年齡：______　性別：☐女　☐男

聯絡電話：_________________　E-mail：_____________________

地址：____

學歷：☐高中(含)以下　☐高中　☐專科學校　☐大學

☐研究所(含)以上　☐其他________________

職業：☐製造業　☐金融業　☐資訊業　☐軍警　☐傳播業　☐自由業

☐服務業　☐公務員　☐教職　☐學生　☐其他___________

請貼
郵票

To：114

台北市內湖區瑞光路 583 巷 25 號 1 樓

秀威資訊科技股份有限公司　　收

寄件人姓名：

寄件人地址：□□□

(請沿線對摺寄回,謝謝!)